ecco

Katharina Höftmann Ciobotaru

FREI

Roman

Ecco

Das Zitat von Terry Real stammt aus seinem Buch
I Don't Wanna Talk About it. Scribner, New York 1992.
Das Zitat von Charlotte Gainsbourg stammt aus ihrem Film
Jane by Charlotte, 2021.
Beide Zitate wurden von Katharina Höftmann Ciobotaru
ins Deutsche übertragen.

eccoverlag.de

1. Auflage 2023
Originalausgabe

Einbandgestaltung von HarperCollins Deutschland
nach einem Gestaltungskonzept von Anzinger und Rasp, München
Einbandabbildung von Koketit
Autorinnenfoto von Kat Kaufmann
Gesetzt aus der Adobe Garamond und der GT Sectra
von GGP Media GmbH, Pößneck
Druck und Bindung von CPI books GmbH, Leck
Printed in Germany
ISBN 978-3-7530-0082-4

Klimaneutral
Druckprodukt
ClimatePartner.com/15109-2009-1001

FSC
MIX
Papier
FSC® C083411

Für meine Söhne Ari und Ben
(ihr seid mein Für-Immer.)

»Das Leid von Familien verbreitet sich von Generation zu Generation wie ein Waldbrand, zerstört alles auf seinem Weg, bis eine Person in einer Generation den Mut aufbringt, sich umzudrehen und sich den Flammen entgegenzustellen. Diese Person bringt ihren Vorfahren Frieden und verschont die Kinder, die danach kommen.«

Terry Real

I

WAS VORHER GESCHAH

Vielleicht sind sie nicht dafür gemacht,
Mütter zu sein.
Ein Gedanke
Wie ein Dolch.

1
BILLIE

Immer wenn sie nach Hause fuhr, bekam sie Bauchschmerzen. Sie war noch nicht mal ganz angekommen, hielt den schweren Lederkoffer noch in der Hand, hatte die Haustür ihrer Eltern noch nicht ganz hinter sich geschlossen, da ging es schon los. Ihre Kinder, zwei Jungen, gleichermaßen wild und schön, rannten zu den Großeltern ins Wohnzimmer, während sie sich an der Eingangstür festhielt. Ihr Magen zog und bog sich erst in die eine, dann in die andere Richtung, ganz so, als wollte er ihren Körper verlassen. Oder in ihm zumindest bleibende Verwüstung anrichten. Es pochte. Es drückte. Es wütete. Ihre Mutter rief: »Nicht so laut«, und ihr Vater: »Nicht so wild«, und sie, die hier an diesem Ort gleichermaßen Tochter und Mutter war, zerriss es in der Mitte.

Tochter- und Muttersein waren nämlich zwei Angelegenheiten, die unterschiedlicher nicht hätten sein können –

bestand die eine doch daraus, nie das Gefühl zu haben zu wissen, was man tut, und die andere daraus, immer so zu tun, als wüsste man, was man tut. Sie schluckte schwer, atmete tief ein und aus (richtig atmen hatte sie erst gelernt, als die Schmerzen der ersten Geburt sie fast umbrachten) und lief mit einem strahlenden Lächeln hinter ihren Kindern her. Auf ihre Eltern zu. Einen Fuß im Weltall und einen auf der Erde. Man umarmte sich, und sie spürte die Wärme. Wollte es genießen, konnte aber nicht, weil sie genau wusste, wie vergänglich diese Wärme war. Es war die Wärme eines Wiedersehens, so wie Wiedersehen sich anfühlten, wenn man nicht nah beieinanderwohnte, wenn man im Alltag getrennt war. Es war die Wärme von Eltern, die ihr einziges Kind zu Hause begrüßten. Die Wärme, die auf Vorfreude folgt, so wie Ausatmen auf Einatmen. Es war die Wärme von Liebe, ja, das schon. Aber Liebe, das wusste sie seit ein paar Jahren, kam in allen Farben und Formen. Nur weil man jemanden liebte, hieß das noch lange nicht, dass man ihn auch mochte. Und das galt besonders in Familien. Eine Familie hatte man einfach. Die konnte man sich nicht aussuchen. Da liebte man sich dann, ohne infrage zu stellen, ob man sich auch mochte. Ihre Mutter zum Beispiel. Ihre Mutter liebte sie, so wie eine Mutter ihr Kind liebte. Sie war für sie da, sie unterstützte sie, sie verbrachte Zeit mit ihr. Aber mochte ihre Mutter sie? Konnte ihre Mutter etwas mit diesem Menschen anfangen, in den sie sich mit und ohne ihr Zutun entwickelt hatte? Das war eine ganz andere Frage.

Eine Frage, die sie natürlich nie stellen würde. Sie war selbst Mutter, und sie wusste, manche Fragen stellte man Müttern nicht. Manche Fragen stellte man nicht einmal sich selbst. Erst recht nicht, wenn man die Antwort eigentlich lieber nicht wissen wollte. Denn Liebe war ein Gefühl, kein Versprechen. Und Erwartungen töteten das Herz.

Sie stand jetzt im Wohnzimmer, und fast instinkthaft durchströmte ein Gefühl von Zugehörigkeit ihren Körper. So wie der Löwe mit seinem Rudel jagt, fühlte sie, dass sie hier irgendwie hingehörte, ob sie wollte oder nicht. Sie vergaß kurz ihre Bauchschmerzen. Lange war das hier ihr Zuhause gewesen, und Zuhause war ein Gefühl, das nie so recht verblasste. Hier empfand sie eine Vertrautheit, die sie an keinem anderen Ort spürte. Aber es lag nicht nur an den vier Wänden, an der Platte oder dem Viertel, in dem sie jede Straße schon mal entlanggelaufen war, jeden Stein berührt hatte. Es lag an ihren Eltern. Sie waren ihr Zuhause, mit allen Komplikationen.

Ihr Blick fiel auf den neuen Fernseher, der viel zu groß war für das kleine Wohnzimmer und es auf aufdringliche Art dominierte.

»Dein Vater wollte ja direkt nach Italien fahren«, sagte ihre Mutter spitz. »Aber ich habe ihm gesagt, vielleicht tut es ein neuer Fernseher auch erst mal.«

Sie sah ihre Eltern fragend an.

»Die Fußballweltmeisterschaft?« Das Gesicht ihres Vaters, eine Sammlung von Falten und Furchen und Unverständnis über die Ignoranz seiner Tochter. »Ich habe jedes Spiel gesehen.«

»Ach so, ja … stimmt. Wir sind ja Weltmeister.«

»Wer auch immer *wir* sind«, sagte ihre Mutter.

»Mama, ich hab Hunger«, quengelte ihr Jüngster. Er drückte sich an sie.

»Ja also, so schnell bin ich nicht«, ging ihre Mutter sofort in Verteidigungsstellung.

»Alles gut, Mutti, mach in Ruhe. Ich habe noch Zwieback.« Sie ging in die Knie und begann, an ihrem Rucksack herumzunesteln, während der Kleine sich halb auf ihren Rücken legte. Sie spürte seinen warmen, kräftigen Körper. Er hatte etwas Einnehmendes. Besetzendes. Wenn jemand sich so auf einen legte, verschwammen die Grenzen zwischen nah und zu nah.

»Aber nicht hier im Wohnzimmer«, protestierte ihre Mutter, »ihr krümelt mir ja alles voll, ich habe heute Morgen gerade erst gesaugt.«

»Deine Mutter hat einen neuen Staubsauger gekauft.«

»Aha.«

»Völlig überteuert, wenn du mich fragst.« Sie sah noch, wie ihre Mutter eine abwinkende Handbewegung machte, dann schob sie ihre Söhne vor sich her in die Küche. Dort holte sie zwei Teller aus dem Küchenschrank und platzierte sie auf dem kleinen viereckigen Holztisch. Bis vor Kurzem hatte hier ein großer runder Esstisch gestanden, aber gleich nach dem Mauerfall hatte ihre Mutter darauf bestanden, die Wohnung komplett neu einzurichten. Wo sie alles hingefahren waren, für ein paar Stühle oder das perfekte Bett. Jegliche Spuren, dass hier einmal eine kleine Familie – Mutti, Vati, Kind – gelebt hatte, waren nun verschwunden. Es war jetzt die Wohnung von Mittfünfzigern, deren goldene Jahre gerade erst begonnen hatten. Alles waren jetzt nur noch sie. Zwei Stühle in der Küche. Zwei Sofasessel im Wohnzimmer. Und eine kleinere Garderobe, an die gerade mal zwei Jacken passten. Eine Wohnung für zwei, die jedem, der hinzukam, das Gefühl gab, zu viel zu sein. Es war ein seltsames, endgültiges Signal der Einigelung. Der Abspaltung. Der Autonomie. Der Isolation. Eigentlich wollten ihre Eltern natürlich auch, genau wie das ganze Land gerade, umziehen. Ihre Mutter träumte von einem Einfamilienhaus, so wie sie es im Westen gesehen hatten, bei ihrem ersten Ausflug über die Grenze. Aber fürs Erste hingen sie in der Platte fest, denn es gab keine freien Wohnungen, geschweige denn Häuser. Und sie als Tochter war fast froh darüber, denn ihre Platte war im Moment das Einzige, was sich noch vertraut anfühlte, während alles andere Stück für Stück verschwand.

Die Jungs setzten sich an den Küchentisch, und sie drückte jedem ein Stück Zwieback in die Hand.

»Ist ja schade, dass André nicht kommen konnte«, hörte

sie die Stimme ihrer Mutter, die ihnen in die Küche folgte und mit jedem Wort näher kam.

»Ja, der ist im Studio mit Rex, die arbeiten an ein paar neuen Songs.«

Ihre Mutter sagte nichts. Aber sie spürte förmlich, dass sie hinter ihrem Rücken die Augenbrauen in die Höhe zog. Skepsis. Immer Skepsis im Blick. Allein schon, weil sie »Songs« gesagt hatte – ihre Mutter hasste Anglizismen.

»Rex ist der Sänger von *Herbst in Peking*, die sind jetzt bei Toni und Fritz unter Vertrag, weißt du, von *City*«, redete sie einfach weiter. Ließe sie sich jedes Mal von dem skeptischen Blick ihrer Mutter aufhalten, würde sie gar nichts mehr erzählen. »*Herbst in Peking* sind die, die 89 verboten wurden …«

»Sind das die mit der Schweigeminute für die Opfer auf dem Platz des Himmlischen Friedens?«, fragte ihr Vater, der nun ebenfalls die Küche betrat.

»Ja, genau.« Sie grinste.

»Und die von *City* haben jetzt Leute unter Vertrag?«

»Ja. Die haben die erste unabhängige Schallplattenfirma der DDR gegründet.« Sie wusste, dass es ihre Eltern beeindruckte, wenn sie von den großen Stars erzählte, als wären sie ihre Freunde. Für einen kurzen Moment fühlte sie sich ihnen überlegen, angriffslustig. Aber schon eine Sekunde später schlug das in Erschöpfung um. Eigentlich war sie todmüde. Müde, müde, müde. Eigentlich wäre sie gerne in einen tiefen Schlaf gefallen und vielleicht ein paar Wochen lang nicht mehr aufgewacht. Sie drehte sich leicht und sah ihre Eltern an. Mutti und Vati. Mutti war gerade vierundfünfzig geworden und Vati fünfundfünfzig. Das war schließlich auch kein einfaches Alter für diese Zeiten.

»Heute ist der Tag, an dem das System zusammenbricht«: Mit diesen Worten hatte Rex jedes seiner Konzerte begonnen, sie und André waren oft genug dabei gewesen. André meist hinter der Bühne, verantwortlich für die Technik, und sie knapp davor. Manchmal war sie auch mit auf die Bühne gesprungen, und Rex und sie hatten ein Lied zusammen gesungen. Wobei Rex eher grölte und sie dann kaum zu hören war. Und jetzt war das System tatsächlich zusammengebrochen. Und sie und Rex hatten viel zu oft miteinander geschlafen, was André natürlich nie erfahren durfte. Und ihre Eltern schon gar nicht.

»Hast du dir schon überlegt, wie alles weitergeht?«, fragte Vati, der ihren langen Blick als Aufforderung zu einem ernsten Gespräch verstanden hatte.

Was das wieder sollte, hier so zwischen Tür und Angel. Sie war doch gerade erst angekommen. Sie zuckte mit den Schultern. »Keine Ahnung.« Aus Verlegenheit schnappte sie sich nun ebenfalls einen Zwieback, obwohl sie weder Hunger hatte noch Zwieback besonders mochte. »Unsere Musik wird erst mal abgemeldet sein …«, versuchte sie, ihren Eltern direkt den Wind aus den Segeln zu nehmen, sie wusste ja, was die dachten.

»Davon kann man wohl ausgehen«, pflichtete ihre Mutter ihr erwartungsgemäß bei, »alles, was aus dem Osten kommt, ist abgemeldet. Unsere Sachen sind doch schon vollständig aus den Kaufhallen verschwunden. Überall nur noch Westware. Als hätte es unsere Firmen nie gegeben. Neulich habe ich unser Pflaumenmus von Rokoma gesucht. Weg. Einfach weg! Brauchst du nicht denken, dass dieses Zeug aus dem Westen, Zentis oder wie das heißt, schmeckt. Ekelhaft. Die Wessis lassen die ganzen Schluppen von den Pflaumen drin … Idioten.«

»Den Alkoholgehalt im Boonekamp haben sie von achtundvierzig auf vierzig Prozent gesenkt!«, fiel ihr Vater der Mutter ins Wort. Er hatte so eine Art, das Gespräch an sich zu reißen. »Das ist doch alles nur noch bekloppt«, sprach er weiter, mit dieser Stimme, die schnell etwas zu laut, etwas zu aggressiv klang. »Und es betrifft nicht nur die Fabriken, sondern auch alles andere. Keiner will mehr DEFA-Filme gucken, die Vorstellungen im Kino International sind leer, hab ich neulich gelesen. Alle wollen jetzt nur noch Hollywood.« Er sprach Hollywood irgendwie falsch aus. Aber wenn sie ehrlich war, wusste sie auch nicht genau, wie man das richtig auf Amerikanisch sagte.

»Die Leute wollen was Neues, kann man ja irgendwie auch verstehen.« Sie sah ihre Eltern kauend an, und der Zwieback knirschte zwischen den großen weißen Zähnen, die in ihrem großen Mund mahlten.

»Alles an dir ist groß«, hatte André damals gesagt, als sie

sich in Bulgarien am Goldstrand kennenlernten. »Großer Mund, große Augen, großes Herz, großer Charakter.«

»Große Titten«, hatte sie lachend geantwortet, und dann hatten sie geknutscht. Gott, wie lange das her war.

»Wenn du mit der Musik kein Geld mehr verdienst, musst du dir vielleicht doch mal einen richtigen Job suchen«, sagte ihre Mutter in diesem Moment kühl. So schoss sie ihre Sätze wie Pfeile durch den Raum. Ihre Mutter. Mutti, die sie liebte, wie eine Mutter ihr Kind liebte. Aber mögen, mögen, das war eine andere Frage.

»Geld wirst du damit erst einmal nicht mehr machen können, wer soll schon auf eure Konzerte kommen?«, orakelte ihr Vater, die Welt schwarzmalend wie immer.

»Ich hab gedacht, vielleicht könntet ihr uns ein wenig unter die Arme greifen? Nur vorübergehend …« Der Zwieback tat ihrem Bauch eigentlich gut, aber das hatte sich nun erledigt. Diese Frage stellen zu müssen. Da krampfte sich sofort alles wieder zusammen. Zog und bog sich in alle Richtungen. Sie war doch gerade erst angekommen.

»Du, wir müssen unser Geld jetzt auch zusammenhalten. Deine Mutter und ich werden bald arbeitslos sein«, protestierte ihr Vater sofort. »Und bis zur Rente haben wir ja noch ein paar Jahre.«

»Na, nu übertreib mal nicht. Die Lehrer werden sie nicht entlassen, warum denn? Und du hast doch ein Gewerbe angemeldet«, sagte ihre Mutter ruhig und bestimmt mit dieser Lehrerinnenstimme, die keinen Widerspruch duldete.

»Gewerbe? Als was?«, fragte sie ihren Vater neugierig.

»Unternehmensberater. Ich kenn genug Leute. Was meinst du, was da draußen los ist? Machen sich alle selbstständig. Ich kann mich schon jetzt kaum vor Aufträgen retten.«

Sie sah ihn verwirrt an. Wie er das immer schaffte. Eben war er noch arbeitslos und jetzt plötzlich Großunternehmer. Er hörte sich selbst gerne reden, aber hörte er sich auch zu?

Vati: »Ja, wir können euch schon unterstützen.«

Mutti: »Aber eigentlich solltet ihr in der Lage sein, mit zwei Kindern auf eigenen Füßen zu stehen. Ich sag ja immer, wer Kinder bekommt, sollte sie auch ernähren können.«

Vati: »Und eure teure Reise nach Paris wäre nun wirklich nicht nötig gewesen.«

Mutti: »Und dieses ganze Musikzeug, das müsst ihr euch wirklich mal überlegen. Mein Gott, das ist ja alles schön und gut, aber leben kann doch davon niemand.«

Vati: »Vielleicht solltet ihr mal überlegen, ob ihr nicht nach Rostock zurückzieht. Ist doch alles einfacher hier, und dann können wir euch auch mit den Kindern unter die Arme greifen.«

Mutti: »Aber wie sollen sie denn hierherziehen? Ihre Arbeit ist doch in Berlin.«

Vati: »Na ja, wir unterstützen euch jedenfalls, das ist gar keine Frage. Du weißt, dass wir immer für dich da sind.«

Sie biss ein weiteres Stück von dem bröselnden Zwieback ab und nickte stumm. So lief das immer. Hin und her.

Manchmal fühlte sie sich wie ein Pingpongball, der zwischen den Launen ihrer Eltern hin und her gespielt wurde. Das Schlimmste am Einzelkinddasein war, dass man keine Komplizen hatte. Die Eltern waren zu zweit, und man war allein. War ja klar, wer da wem ausgeliefert war. Sie hatte es nie gemocht, ein Einzelkind zu sein. Immer überall allein. Beim Spielen und wenn man die Eltern um etwas bitten musste, da gab es nicht noch jemanden, der einem beistehen konnte. Da musste man als Einzelkämpfer durchkommen.

Sie bereute jetzt schon, dass sie gefragt hatte, aber welche anderen Optionen hatten sie? Mann, sie kannten das doch gar nicht: Geldsorgen. Zu DDR-Zeiten gab es keine Geldsorgen. Gab doch eh nix zu kaufen. Hatte doch eh keiner was. Und jetzt lebten sie seit acht Monaten in der schönen neuen Welt, und André hatte fast alle seine Ersparnisse aufgebraucht. Vor allem nachdem sie den VW-Bus gekauft hatten, mit dem sie in den Osterferien die ganze Strecke bis Paris gekurvt waren. Dort hatte André nämlich einen Onkel, der eigentlich sein Großcousin war und den er seit dessen letztem Besuch in Ostberlin Anfang der Achtzigerjahre nicht mehr gesehen hatte. Und überhaupt: Paris! Nachdem sie einhunderttausend Jahre gedacht hatten, dass sie niemals aus diesem Land rauskommen würden. Jedenfalls nicht in Richtung Westen. Und dann stand die Welt ihnen plötzlich offen, alles wurde möglich, und Onkel Gerry in Paris war eine verdammt gute Möglichkeit. Sie hatten kurzerhand ihre Koffer und die Kinder eingepackt und waren draufiosgefahren. Durch die ganze BRD. Einmal rein in die Höhle des »Klassenfeindes«. Hannover, Dortmund, Köln, dann Holland, Belgien, Frankreich – die Kinder aufgeregt auf dem Rücksitz, denn so weit waren sie noch nie mit dem Auto gefahren, und sie und André mit staunenden Augen vorne. Sie hatten auf einem Campingplatz in Hagen und dann in einem französischen Naturschutzgebiet namens Scarpe-Schelde übernachtet. Drüben war alles so sauber, so ordentlich, die Straßen, die Häuser. Und bunter, bunter war es auch. Die Franzosen laut und lebendig. Die Holländer mit den schicksten Wohnwagen und neusten Vorzelten. Die Wessis in bunten, glänzenden Trainingsanzügen. Als sie in Paris zum ersten Mal den Eiffelturm sahen, haben sie geschrien. Um den Arc de Triomphe mussten sie unter ihrem eigenen Kreischen – und dann auch dem der Kinder, die nicht recht wussten, warum dieses Steintor ihre Eltern so begeisterte, aber natürlich sofort dabei waren, wenn es ums Schreien ging – gleich viermal fahren. Bei dem Gedanken daran musste sie unwillkürlich lächeln.

Andrés Großcousin Gerry, neben den Eltern und einer Tante sein einziger Verwandter, wohnte im Marais auf der Rue des Écouffes und hatte eine Jüdin aus Algerien, Marianne, die eigentlich Hamida hieß, geheiratet. Die beiden wohnten in einem Haus mit einer dieser imposanten Eingangstüren aus blau lackiertem Holz und schmalen französischen Balkonen. Mehr Paris ging nicht. Ihre Wohnung im fünften Stock war überfüllt mit Menschen, die alle irgendwie mit Marianne verwandt waren, und trotzdem hatte Gerry ihnen ein ganzes Zimmer für sie allein überlassen. Toiletten waren auf dem Flur, aber das kannten sie ja schon. Nur dass man auf diesen Toiletten – türkische Toiletten nannte Onkel Gerry die – stehen musste, was natürlich auch wieder ein einziges riesiges Abenteuer war. Selten hatte sie sich so lebendig gefühlt wie in diesen vierzehn Tagen ihrer Reise in eine neue Welt. Sie aßen frittierte Kichererbsenbällchen bei »L'as du Falafel« und kauften Challah in der koscheren Bäckerei »Korcarz« (die Namen hatte sie sich alle notiert und dann so lange wiederholt, bis sie sie auswendig konnte). Die Kinder hatten mit anderen jüdischen Kindern aus der Nachbarschaft auf dem kleinen Spielplatz auf der Rue des Blancs Manteaux gespielt, oder sie hatten alle gemeinsam nachmittags mit Croissants im Jardin des Archives nationales gesessen. Abends hatte Marianne auf die Jungs aufgepasst, während sie und André zu zweit durch Paris gestreift waren. In diesen Nächten hatten sie so viel geredet wie lange nicht mehr. Und einmal hatten sie Sex auf einer Bartoilette, und es hatte sich fast wie früher angefühlt, als André dabei ihren Namen in ihr Ohr raunte. Marianne, die eine kleine Galerie auf der Rue des Rosiers führte, hatte den Kindern ein paar Brocken Französisch und Arabisch beigebracht, und wie das mit Kindern so war, hatten sie die Vokabeln wie Schwämme aufgesaugt, während sie und André sich gerade mal »salut« und »ça va« merken konnten. Abgesehen von Gerry, der Deutschland 1936 verlassen hatte und nach dem Ende des Krieges auf Umwegen nach Paris gekommen war, konnte niemand Deutsch, und sie konnten natürlich gar kein Französisch. Und alle sprachen gerade mal ein paar Brocken Englisch. Ein Englisch, das aus ihren Mündern unterschiedlich wild und holprig klang (versehen mit stark deutschem oder französischem Akzent), und trotzdem hatten sie sich hervorragend verstanden. Oder gerade deswegen. Aber seit dieser fantastischen Reise waren sie fast pleite. Onkel Gerry hatte sie wirklich oft eingeladen, aber André, der ja immer so unheimlich stolz sein musste, konnte das nicht ohne Gegeneinladungen auf sich sitzenlassen. Und so war ihnen das Geld durch die Finger geronnen wie die französischen Vokabeln durch ihr Hirn.

Jetzt waren nur noch ein paar Reserven übrig, ein halbes Jahr etwa würde ihr Geld noch reichen, aber sie wusste nicht, wann sie jemals wieder Geld verdienen würde. Jedenfalls nicht mit dem, was sie eigentlich war. Mit dem, was sie eigentlich machen wollte. Sie war Künstlerin. Sängerin. Was verdiente man da schon in diesem neuen System? Und wenn man nichts verdiente im Kapitalismus, war man dann noch von Bedeutung? Es ging ja nicht nur darum, dass sie kein Geld verdienten oder besaßen, vor allem im Vergleich zu den Westbürgern, die dank Wirtschaftsaufschwung, Privatbesitz, Familienunternehmen und Erbe über beträchtliche Vermögen verfügten – sie waren den Wessis auch in allem anderen unterlegen. Manchmal kam es ihr so vor, als würden die eine ganz andere Sprache sprechen. Es war immer noch Deutsch, aber die Vokabeln waren andere. Und damit meinte sie nicht nur, dass man bei ihnen viertel zwölf und drüben Viertel nach elf sagte.

Man drückte sich eben ganz anders aus, wenn Freiheit eine Selbstverständlichkeit war. Die Sprache der unendlichen Möglichkeiten beherrschten sie nicht. Die Wende hatte sie mit einem Schlag in die Unterlegenen verwandelt, und während die Westwelt und ihre Waren über sie schwappten wie eine Sturmflut, verschwanden nicht nur ihr Pflaumenmus und ihre Autos, ihre Lieder, ihre Bücher, ihre Filme, ihre Existenzgrundlage, es verschwand ihre gesamte Identität. All das, was ihr Leben einst ausgemacht hatte, verlor seinen Wert, und sie wurden zu Fremden in ihrer eigenen Heimat. Aber Sängerin, Künstlerin, das war sie immer noch. Und das würde sie sich auch nicht nehmen lassen. Es hatte lange genug gedauert, bis sie sich selbst als Künstlerin bezeichnet hatte. Lange genug, bis sie sich mal traute, nicht immer nur auf Nummer sicher zu gehen mit ihren Texten, den Melodien. Bis sie endlich den Befreiungsschlag unternahm und sich dazu durchrang, nur noch das zu machen, was ihr künstlerisch wertvoll erschien, sich entschloss, ihre Zeit nur noch so zu nutzen, dass sie später keinen Tag bereuen würde – und nun sollte sie einfach aufgeben und irgendwo in einem Büro arbeiten? Wegen der Scheißkohle? Wegen des Erfolgs, von dem plötzlich alles abzuhängen schien? Selbst die Frage, ob man Talent hatte, wurde daran gemessen. Zum Teufel! Sie würde sich dem Geld nicht unterwerfen. Ja, sie hatte eine kleine Familie, die sie ernähren musste, aber sie hatte doch auch eine künstlerische Seele, die hungrig war. Es half nichts, sie musste ihre Eltern um Hilfe bitten. Sie konnte jetzt nicht aufgeben, was sie sich so hart erkämpft hatte. Dann lieber in den sauren Apfel beißen und sich anhören, dass man keine Kinder hätte bekommen sollen, wenn man es sich nicht leisten konnte.

Die Kinder, die sie sich nicht leisten konnte, wobei sie da weniger ans Geld dachte als vielmehr an ihr unstillbares Bedürfnis nach Freiheit, knabberten weiter an ihrem Gebäck.

»Mama, ich hab Durst«, sagte der Große.

»Was wollt ihr denn? Brause? Ich hab neulich Fanta gekauft, so heißt die Limo jetzt«, sagte ihr Vater, und die Kinder jubelten. Zu Hause bekamen sie das Zuckerwasser nicht.

Mutti und Vati fanden natürlich nicht nur, dass sie sich die Kinder nicht leisten konnten. Sie fanden auch, dass sie und André sich ihren ganzen Lebensstil nicht leisten konnten. Jedenfalls nicht mehr, seitdem die Mauer gefallen war und sich die Unsicherheit wie ein feiner Film über ihr Land gelegt hatte. Und sie glaubte manchmal ja auch, dass ihre Eltern recht hatten. Es war schwer gewesen, in diesem auf Bodenständigkeit und Verantwortungsbewusstsein (ihre Mutter) und Erfolg (ihr Vater) getrimmten Haus, in dem sie aufgewachsen war, einen Beruf zu wählen, der nicht anhand dieser Werte gemessen werden konnte. Einen Beruf, in dem man gar nicht bodenständig sein durfte, wenn man etwas Neues erschaffen wollte. Und in dem Erfolg so wahnsinnig relativ war, dass man ihn auch mal völlig verantwortungslos außer Acht lassen musste, um kreativ zu sein. Ein Beruf, der keine finanzielle Sicherheit bot. Und jetzt nach der Wende merkte sie, dass Mutti und Vati, die finanziellen Erfolg aus unterschiedlichen Gründen als das Maß aller Dinge betrachteten, noch höhere Ansprüche an sie hatten. Bisher war das irgendwie egal gewesen. Bisher hatten sie alles gehabt. Sie und André waren gut über die Runden gekommen. Aber mit dem zerfallenden System bröckelte auch ihr Auskommen. Alles war teurer geworden, und ihre Einnahmen waren über Nacht verschwunden. Mit der Existenzangst kamen die Selbstzweifel. Hatte sie noch Erfolg mit dem, was sie tat, wenn es ihr nicht genug Geld brachte? War wichtiger, was man besaß, oder wichtiger, was man erschuf? Konnte man erfolgreich und gleichzeitig mittellos sein? Sie wollte die Frage gerne mit Ja beantworten, aber ihre Erziehung hielt sie davon ab. Sie wäre gerne reich gewesen, aber sie und André hatten der Welt keine Fertigkeiten anzubieten, die die Wirtschaft vorantreiben oder ihnen Wohlstand bringen würden. Sie waren Künstler, Kreative, sie waren die Kür, nicht die Pflicht. Das, was sie taten, stufte niemand als essenziell ein. Die meisten Menschen nahmen es als selbstverständlich hin, dass ihnen eine riesige Auswahl an Musik, Büchern und Kunstwerken zur Verfügung stand, aus der sie sich das herauspicken konnten, was für sie am interessantesten war. Aber all diese Künstler mussten doch auch von irgendwas leben. Und da brauchte ihr keiner mit dem Argument zu kommen, dass diejenigen, die in Masse konsumiert wurden, schließlich davon leben, ja sogar reich werden konnten mit ihrer Musik, ihren Büchern und ihren Bildern oder Skulpturen – denn die Wahrheit war: Der Anteil derjenigen, denen das gelang, war verschwindend gering. Der Anteil derjenigen, die davon gerade mal so leben konnten, riesig. Aber es gab die einen nicht ohne die anderen. Man konnte nicht nur die Künstler lieben, die es »kommerziell« geschafft hatten. Denn auch sie sind einst diejenigen gewesen, die es noch nicht geschafft hatten. Und was bedeutete das überhaupt: es zu schaffen? War die Kunst nur etwas wert, wenn die Masse sie sich einverleibte? War die Kunst nur etwas wert, wenn genügend Menschen bereit waren, Geld dafür zu zahlen? Wer entschied, was gut war und was schlecht? Irgendein Radioredakteur, wenn er deinen Song spielte oder eben nicht?

Ha, da hatten sie geglaubt, jetzt sei es mit der Zensur endlich vorbei, und dabei nicht kapiert, dass der Kapitalismus, die Geldsorgen, der Druck des Auskommens, der Wettbewerb ein völlig neues Ausmaß der Zensur darstellten. Es sortierte sich: Wer es sich noch leisten konnte, Musik zu machen, und wer nicht, das siebte der Kapitalismus schon aus.

Früher, da hatten sie darüber diskutiert, was sie in ihre Lieder schreiben durften. Doch mit der Zeit hatten sie viel zu oft nicht mal mehr das besprochen. Sie hatten die Scheren ja eh schon im Kopf. »Man muss uns doch gar nichts verbieten«, hatte sie einmal gewütet, als André einen ihrer Texte beanstandete, weil der so »garantiert nicht durch das Rundfunklektorat« gehen würde. »Wir verbieten uns alles selbst. Wir machen uns selbst zu Unfreien. Diese ganze verquere Scheiße, wir machen die doch mit. Wir können doch gar nicht mehr ohne Schranken denken. Schoßhündchen sind wir, nicht mehr und nicht weniger.«

Das war die eigentliche Schwierigkeit: überhaupt noch frei zu denken. Sich selbst immer wieder zu diesem Kraftakt zu zwingen. Oder es wenigstens zu versuchen. Und wenn es einem gelang, einen freien Gedanken zu fassen, dann musste man kämpfen wie ein Raubtier, um ihn zu bewahren, um überhaupt mal ein oder zwei freche Zeilen durchzubekommen und am Ende in einem fertigen Lied zu singen. Da hatten sie natürlich ihre kleinen Tricks gehabt. Den wichtigsten hatte sie von Tamara gelernt – was sie immer gerne und nicht ohne Stolz erzählte –, denn Tamara war ein echter Star, da waren sich alle einig, sogar ihre Eltern. Und dass sie mit Tamara eine Art Freundschaft unterhielt, beeindruckte selbst ihre Mutter, auch wenn sie natürlich trotzdem bei jeder Gelegenheit betonte, wie abgehoben diese Tamara sei, während ihr Vater sie gerne als »arrogante Schnepfe« bezeichnete. Sie und Tamara hatten sich zum ersten Mal bei Rock für den Frieden getroffen. Tamara war niemand, den man einfach mal so ansprach, eine derartige Unnahbarkeit trug die vor sich her, aber als man sie beide im Rahmen des Festivals zusammensetzte, verstanden sie sich gleich gut.

Tamara hatte irgendwie Interesse an ihr gefunden, lobte ihre Texte, nannte sie manchmal »schönes Ding«. Sie trafen sich danach öfter, mal zufällig, mal verabredet. Die Gespräche erzählte sie danach haarklein ihren Eltern nach, um sie zu beeindrucken. Was jedes Mal gelang, auch wenn einer der beiden die Geschichten dann oft abschließend mit einem »Die ist so was von überkandidelt« oder etwas ähnlich Abwertendem kommentierte. Jedenfalls hatte Tamara, wenn es um die Zensur ging, immer von »grünen Elefanten« gesprochen. Man packte einfach eine Zeile ins Lied, die so krass war, dass die anderen kleineren Unmöglichkeiten übersehen wurden. Und das hatte früher erstaunlich oft erstaunlich gut funktioniert.

Früher, das war vor nicht mal einem Jahr. Wie plötzlich das Jetzt dann doch über sie gekommen war. Jetzt konnten sie endlich schreiben, was sie wollten. Jede Kritik. Unverschämtheit auf Unverschämtheit. Scheißsozialismus. Scheißkapitalismus. Scheiß auf jeden -ismus. Alles durften sie jetzt schreiben. Nur wollte es jetzt keiner mehr hören. Schon gar nicht auf Deutsch. Sie waren aus der Zeit gefallen. Und sie, die selbst seit der Wende eine Platte nach der anderen kaufte – nur Westmusik, versteht sich –, hatte dafür sogar das größte Verständnis.

»Mutti und ich können euch fünfhundert Mark pro Monat zuschießen, wäre das okay?«

Sie wusste, dass es darauf nur eine Antwort gab. »Ja natürlich. Danke, das ist sehr großzügig von euch. Vielen Dank, wir wissen das wirklich zu schätzen.«

»Wir bieten euch das für ein Jahr an. Dann ist Schluss.«

»Ja klar, vielleicht brauchen wir es ja nicht mal so lange«, was natürlich gelogen war. Auf jeden Fall würden sie es so lange brauchen. Aber inzwischen fühlte sie sich so schlecht dafür, überhaupt gefragt zu haben, dass sie ihnen diese Reaktion schuldig war. Sie wäre so gerne mal nach Hause gekommen und hätte einen Batzen Kohle auf den Küchentisch geknallt. Nur um die Anerkennung im Blick ihrer Eltern zu sehen. Sie wäre gerne mal mit einem dicken Auto vorgefahren. Nur ein Mal. Guckt mal, Mutti und Vati, wir haben es geschafft. Ganz allein. Was für ein Traum das wäre.

Bei André zu Hause war das anders. Seine Eltern hätten ihnen ihr letztes Hemd gegeben. Aber die hatten gerade wirklich andere Probleme. Den Seeligs gehörte nämlich eigentlich ein Haus auf der Berliner Kastanienallee, von dem sie gedacht hatten, es nun mit der Wende endlich wiederzubekommen. Aber ehe sie sichs versahen, waren dort Besetzer aus dem Westen eingezogen, für die der billige Osten eine Art Eldorado war. Und nun ging der seit der Enteignung durch die Nazis andauernde Kampf doch weiter.

Sie hätten natürlich selbst auch besetzen können, sie fand die Idee gar nicht so schlecht. Aber André wollte nicht, dass seine Kinder, wie er es nannte, »im Chaos« aufwuchsen. Und damit hatte er wahrscheinlich auch recht. Viel Miete zahlten sie in ihrer Altbauwohnung in der Fehrbelliner Straße ohnehin nicht. Das Problem waren eher die anderen Kosten, die sich seit der Währungsreform verdreifacht hatten. Und all das, während ihr Gehalt sich halbierte. Denn sie und André hatten vor allem von Konzerten gelebt, und die gab es, da hatte ihr Vater natürlich recht gehabt, kaum noch, und wenn, dann nur noch in deutlich kleinerem Kreis, mit deutlich kleineren Gagen.

»Sibylle«, sagte ihre Mutter plötzlich, und sie zuckte zusammen. Wie sehr sie diesen Namen hasste. Billie. Alle nannten sie Billie. Auch Vati. Nur Mutti verweigerte sich. *Ich habe dir so einen schönen Namen gegeben, warum soll ich den jetzt verschandeln?*

»Ja, Mutti?«

»Mama mag nicht, wenn man sie Sibylle nennt!«, rief ihr Großer, und sie hätte ihn dafür umarmen können.

»Du, den Namen haben wir deiner Mutter gegeben, und da muss sie sich jetzt mit arrangieren.«

»Papa und Opi sagen auch Billie«, mischte sich jetzt ihr Jüngster ein.

»Billie, was ist denn das für ein Name? Wir sind doch hier nicht in Amerika! Außerdem ist das doch ein Männername, oder etwa nicht?«

»Mama sagt, es gibt nichts, was nur für Männer oder nur für Frauen ist. Alles ist für alle.« Der Große nickte schlau.

Ihre Mutter zog die Augenbrauen jetzt fast bis an ihren Haaransatz hoch. »Na, das möchte ich aber mal bezweifeln.«

»Billie fetzt«, sagte der Kleine und biss von seinem Zwieback ab.

Billie lächelte still. Es machte sie stolz, dass ihre Jungs auf ihrer Seite waren. Auch wenn das in ganzer Konsequenz bedeutete, dass sie selbst sich mit ihrer eigenen Mutter solidarisch hätte erklären müssen. Aber vielleicht änderte sich diese Folgerichtung, sobald man erwachsen war.

»So, ihr Dreikäsehochs«, sagte ihre Mutter mit gespielter Strenge. »Jetzt hört ihr mal auf, mit mir zu diskutieren. Eure Mutter heißt Sibylle, und damit Schluss.«

»Was wolltest du mich denn eigentlich fragen, Mutti?«

»Ja, Mensch, jetzt hab ich's vergessen.«

»Ich geh kurz aufs Klo, vielleicht fällt's dir in der Zwischenzeit wieder ein.« Billie öffnete die Tür zum Bad und betrat den kleinen Raum. Innenbad ohne Fenster. Sie mochte, dass ihr Bad in Berlin ein Fenster hatte. Dafür war es hier in der Platte immer schön warm. Selbst im Winter, wo man es in ihrem Altbaubad kaum aushielt, weil einem so sehr die Glieder schlotterten. Jetzt war natürlich August, und warm war es überall. Sie strich mit der Hand über die Handtücher ihrer Eltern. Sie waren weich. Sie hielt ihre Nase hinein. Sie rochen gut. Sie rochen nach ihrer Mutter. Fast alles hier roch nach ihrer Mutter. Ihren Vater roch sie lange nicht so gerne wie ihre Mutter. Er roch manchmal nach Aftershave. Aber meistens roch er ein wenig muffig.

Nach alten Büchern. Er war nicht unangenehm, dieser Geruch nach Bibliothek. Aber man mochte ihn wegen der positiven Assoziationen, nicht weil es wirklich ein guter Geruch war. Im Unterschied dazu roch Mutti eben richtig gut. Nach Zuhause. Wegen allem. Trotz allem. Billie setzte sich auf die Toilette. Dabei wanderte ihr Blick durch das kleine Bad. Hier machte sich Mutti jeden Morgen und jeden Abend fertig. Putzte sich die Zähne, wusch sich das Gesicht. Hatte sie eine Creme, die sie auftrug? Jetzt gab es ja diese ganzen teuren Gesichtscremes. L'Oréal und wie die alle hießen. Passte eigentlich nicht zu ihrer Mutter, sie trug ja nicht mal Wimperntusche. Andererseits hatte sie manchmal doch ein Faible für Luxus, jedenfalls war sie immer ganz glücklich gewesen, wenn Billie ihr Sachen aus Berlin oder Bulgarien mitgebracht hatte, die man woanders nicht bekam oder von denen sie noch nicht einmal gewusst hatte, dass sie existierten. Nächstes Mal würde sie ihrer Mutter so eine Creme mitbringen.

Sie spülte, klappte den Klodeckel zu (ganz wichtig!) und wusch sich die Hände. Draußen riefen schon wieder die Jungs nach ihr. Es kam selten vor, dass sie in Ruhe auf Toilette gehen konnte, wenn die beiden bei ihr waren. Anfangs hatte sie das gestört, mittlerweile war es ihr egal. Sie kackte und las nebenbei Geschichten vor oder schaute sich neue Kunststücke an.

Aber manchmal, so wie jetzt, bereitete es ihr eine merkwürdige Freude, eine Art Genugtuung, das Rufen der Jungs für kurze Zeit zu ignorieren. Nicht sofort verfügbar zu sein. Sie einen Moment lang in Unsicherheit zu wiegen. Wo ist Mama? Vielleicht war Mama ja weg?

Billies Blick fiel in den Badspiegel.

Sie war im Mai dreißig geworden. Riesenfete. Die Kinder hatten sie bei Andrés Eltern abgegeben. Sie hatten auf den Trümmern des Landes getanzt. Berlin war im Moment sowieso eine einzige große Party. Ständig machte irgendwo ein neuer Klub auf, sie tanzten zwischen Punk und Techno. Und in diesem Wahnsinn hatte sie ihre Zwanziger hinter sich gelassen.

Ihr Spiegelgesicht guckte zurück. Ihre Augen waren mal grau und mal grün, in der Sonne immer blau. Ihre Haare straßenköterblond. Sie war schön, und mit den Jahren war ihr Gesicht nur noch schöner geworden, selbst mit der Müdigkeit. Das sagte nicht nur André, das sagte nicht nur Rex, das wusste sie auch selbst. Sie hatte seit den Geburten einen kleinen Bauch, und ihre Brüste hingen deutlich mehr als früher, aber insgesamt war sie schlanker als je zuvor. Vor allem aber fühlte sich ihr Körper endlich richtig an. Sie lebten nicht mehr aneinander vorbei, sie und ihr Körper. Sie trugen einander jetzt mit einer anderen Selbstverständlichkeit durch die Welt. Sie wusste endlich etwas mit ihm anzufangen. Wusste, wofür er da war. Zwei Kinder hatte er ihr geschenkt, zwei Kinder aus Spermien und einem Ei erschaffen, Haut, Haare und Herz, alles in ihr gebaut. Zwei Kinder hatte er geboren und für mehrere Monate mit Muttermilch ernährt. Sie hatte ihn nach der ersten Geburt überhaupt zum ersten Mal bewusst gespürt, hatte gespürt, wozu er fähig war. Welche Wunder er vollbrachte. Ihr Körper hatte jetzt eine Sinnlichkeit, die sie vorher nicht gekannt hatte. Billie hatte sich immer schön gefunden, aber jetzt fühlte sie es auch. Fühlte sich in diesem Körper zu Hause. Sie war mit den Geburten wie in sich selbst hineingeglitten. Hatte zwei Kinder geboren und sich selbst.

Ihr Blick fiel noch einmal auf den Spiegel. Sie schlug die Augen auf und zu.

»Ich bin Billie«, sagte sie stumm zu sich selbst, »und jeder, der das nicht akzeptiert, kann mich mal.«

2
CHRISTA

Billie. So ein Quatsch. Das war doch kein Name. Warum musste sie sich immer so aufspielen? Warum musste ihre Tochter immer was Besonderes sein? Schon wie sie sich kleidete. Was sie da heute wieder trug, irgend so ein asiatisches Gewand. Wo hatte sie das überhaupt her? Wo kaufte man so ein Zeug?

Schon immer war sie so gewesen. Schon als Kind. Mein Gott, war Sibylle anstrengend gewesen als Kind. Christa hatte ursprünglich gedacht, sie würde mehr als ein Kind haben wollen, zwei schon, zwei mindestens, aber dann kam Sibylle und war eine einzige große Herausforderung. Dazu ihre Arbeit. In der Schule war es ja immer laut. Und sie hatte nie nur Dienst nach Vorschrift gemacht, die Schüler lagen ihr wirklich am Herzen. Da hatte sie schlichtweg keine Kraft für noch mehr eigene Kinder gehabt. Vielleicht mit einem ruhigeren Kind. Einem Kind, das ihr nicht ständig alles abverlangte. Aber Sibylle war alles andere als ein ruhiges Kind. Brauchte immer jemanden, der auf ihr Unterhaltungsprogramm reagierte. Nein, langweilig war es mit Sibylle nie gewesen, aber ein bisschen mehr Ruhe hätte Christa sich schon gewünscht. Und so war es bei Sibylle geblieben. Ein Kind. Ihr Kind. Ihr einziges Kind. Ihr Lebensmittelpunkt, das stand außer Frage. Alles hatte sie für Sibylle getan. Ihre ganze Welt hatte sich nur um sie gedreht. Sie hatte Sibylle kaum weggegeben. Trotz ihrer Arbeit, die auch immer stressig und intensiv gewesen war. Auf die sie stolz war, immerhin war sie die Erste in ihrer Familie, die studiert hatte. Aber ihr Job war trotzdem nicht das Wichtigste in ihrem Leben gewesen, nein, das war eindeutig Sibylle: Ihr Kind würde nie das letzte Kind in der Kita sein, hatte sie sich geschworen und diesen Schwur immer eingehalten. Und ihre Großeltern würde Sibylle kaum kennen. Nicht nur weil Christa ihre Eltern niemals mit Fragen nach der Kinderbetreuung belästigt hätte, ihre Mutter hatte immerhin sechs Kinder aufgezogen, und Christa fand, dass sie damit ihr Soll an Kinderbetreuung für zwei Leben gedeckt hatte. Vor allem aber gab Christa Sibylle nie weg, weil sie ihr Kind nicht bekommen hatte, um es dann abzuschieben. Da ging es ihr ums Prinzip. Sie verachtete Frauen, die ihre Kinder Wochenende für Wochenende zu den Großeltern abschoben. Warum dann überhaupt Kinder kriegen? Sie und Friedrich nahmen Sibylle überallhin mit. Und wo sie nicht mitkonnte, da gingen sie nicht hin. So einfach war das.

Trotzdem hatte sie sich nie nur darüber definiert, dass sie Sibylles Mutter war. Oder überhaupt Mutter. Sie hatte über viele Umwege studiert, das war eigentlich gar nicht für sie vorgesehen gewesen. Erst war sie im Kombinat Facharbeiterin für Schreibtechnik geworden, später geprüfte Sekretärin. Dann traf sie Friedrich. Und der fragte sie zum ersten Mal in ihrem Leben nach ihren Träumen. Was wärst du, wenn du entscheiden könntest? Und sie hatte sofort geantwortet: Lehrerin. Friedrich war ja damals schon auf dem Weg, Betriebsdirektor zu werden. Sie kannte nicht wenige, die in diese Position hineingerutscht waren ohne Sinn und Verstand. Mein Gott, wie blöd viele Betriebsdirektoren bei ihnen gewesen waren. Und wie faul. Aber Friedrich nicht. Friedrich war schlau, ambitioniert sowieso. Und er wollte eine kluge Frau an seiner Seite. Eine, die optisch was hermachte, aber auch was zu sagen hatte. An Komplimenten für ihr Äußeres hatte es ihr nie gemangelt. Sie hatte tolle Haare, eine super Figur und zum Glück die vollen Lippen ihres Vaters geerbt. Aber das hatte Friedrich nicht gereicht, und irgendwie gefiel ihr das. Und auch wenn sie das nie zugegeben hätte, es war Friedrich gewesen, der ihr den letzten Schubs gegeben hatte, endlich ihr Abitur an der Abendschule zu machen. Und der ihr dann den Rücken stärkte, um das anspruchsvolle Lehramtsstudium zu bewältigen. Der Tag, an dem sie das erste Mal vor ihrer eigenen Schulklasse stand, belohnte sie für alles. Sie fühlte sich, als wenn sie nie etwas anderes gemacht hätte. Die Schüler respektierten sie sofort. Sie hatte immer ein gutes Verhältnis zu ihnen gehabt, auch wenn da in den vielen Jahren einige Problemfälle dabei gewesen waren. Das größte Problem waren natürlich immer die Eltern. Diejenigen, die dachten, ihre Kinder seien Genies und halbe Heilige, waren genauso schlimm wie diejenigen, die ihre Kinder behandelten wie den letzten Dreck. Aber sie war immer mit allen irgendwie klargekommen. Fachlich hatte sie oft gekämpft, nicht alle Themen lagen ihr, erschlossen sich ihr mit Leichtigkeit, aber pädagogisch, da hatte sie einfach ein gutes Händchen. Sie wusste genau, wie sie mit den Schülern umgehen musste, wann Scherze und wann Strenge angesagt waren. Die Arbeit machte ihr Spaß. Erfüllte sie, würde man heute vielleicht sagen, weil alle ständig erfüllt sein wollten. Aber stressig war es auch. Friedrich prahlte ja gerne damit, wie furchtbar fordernd seine Arbeit war, aber wenn sie ehrlich war, glaubte sie, dass sie den anstrengenderen Job machte. Den ganzen Tag musste sie reden, den ganzen Tag den Lärm, die Gedanken, die Gefühle von dreißig Menschen ertragen, die noch im Werden waren. Und nur wer selbst mal in der Schule gearbeitet hatte, wusste, was für eine Belastung das war. Und das Tag für Tag. Selbst am Sonnabend. Und mit ihrer Tätigkeit in der Schule war die Arbeit ja noch lange nicht vorbei gewesen. Nach sechs Stunden Unterricht kam sie nach Hause, las Sibylle vor, spielte mit ihr, machte Abendbrot und räumte danach die Küche auf. Bis spät in die Nacht legte sie Wäsche zusammen, bügelte oder korrigierte Aufsätze. Sonnabends stellte sie während der Unterrichtsstunden in Gedanken die Einkaufsliste für die Woche zusammen und hetzte dann noch schnell in die Kaufhalle, bevor das Wochenende begann, das nur bis Sonntagabend ging, denn dann musste ja schon wieder eine neue Schulwoche vorbereitet werden. Und jeden Morgen war sie um fünf Uhr dreißig aufgestanden, erst Frühstück, dann Sibylle (ein Kuss auf die Stirn und weiter zum Fenster, das nachts immer auf und morgens immer geschlossen sein musste), und dann war alles von vorne losgegangen. Wenn sie so darüber nachdachte, fragte sie sich, wo Sibylles Vater in alldem gewesen war. Was hatte Friedrich getan? Er hatte sich immer um das Auto und ihr Geld gekümmert und Sibylle sonnabends, oder wenn Christa auf Abschlussbällen, Elternabenden oder Lehrerkonferenzen sein musste, genommen. Und natürlich war er an Wochenenden immer dabei gewesen, bei ihren Spaziergängen, Strandausflügen und Radtouren. Aber den Rest der Woche über war er da und war es doch irgendwie nicht. Wie eine Melodie, die im Hintergrund lief. Ein Bild, das immer an der Wand hing, die Stimmung im Wohnzimmer prägte, eine Art Einrichtungsgegenstand war, aber eben bloß Dekoration. Kein Sessel, den man nutzen konnte. Auf dem man sitzen und sich ausruhen konnte. Christa liebte ihn trotzdem oder gerade deswegen. Sie fand es eigentlich gar nicht so schlimm, dass er sich aus dem Haushalt heraushielt. Sie machte die Dinge gerne allein, gerne so, wie sie sie sich vorstellte. Dann liefen sie glatt und wie am Schnürchen. Und sie mochte Dinge, die glatt liefen und wie am Schnürchen, und deswegen war das mit Sibylle auch so hart. Aber das konnte man vor der Geburt ja nicht wissen, ob man ein glattes, wie am Schnürchen laufendes Kind bekam oder eine Sibylle.

Sibylle war immer anstrengend gewesen. Und das zog sich durch bis heute. Schon immer hatte sie sich gegen alle Konventionen gewehrt. Gut, vielleicht nicht immer, so konnte man das auch nicht sagen. Sibylle war eine fantastische Schülerin gewesen. Hätte alles studieren können, was sie wollte. Aber nein, es musste die Musik sein. Berlin und eine Band. Dabei hätte Sibylle eine hervorragende Lehrerin abgegeben. Sie war fachlich stark und hatte einen Instinkt für das Pädagogische. Schon als kleines Mädchen konnte sie außergewöhnlich gut Geschichten schreiben – war sie zehn oder elf gewesen, als sie ihr in der Küche ihre erste Kurzgeschichte vorgelesen hatte? Und sie hätte ihrer Tochter das nie gesagt, wäre ihr ja sofort zu Kopf gestiegen, aber Geschichten erzählen konnte Sibylle. Eine fantastische Deutschlehrerin wäre sie geworden. Aber nein. Allein schon, weil Christa es begrüßt hätte, wäre es für Sibylle nicht infrage gekommen. Manchmal hatte sie das Gefühl, ihre Tochter richtete ihre ganze Existenz danach aus, gegen sie zu rebellieren. Nicht einmal ihren Namen mochte sie.

Dabei trug dieser Name für Christa große Bedeutung.

Mehrere Wochen hatten sie und Sibylles Vati diskutiert, wie das Kind in ihrem Bauch heißen solle. Sie war davon überzeugt gewesen, dass es sich um einen Jungen handelte, bei der vielen Bewegung in ihrem Bauch, bei den vielen Tritten, deren Umrisse sich manchmal unter ihrem Pulli abzeichneten, und eigentlich war Alexander gesetzt gewesen. Bis ihr ein paar Tage vor der Geburt plötzlich der Gedanke kam: Und was, wenn es doch ein Mädchen wird? Und so hatte sie auf den letzten Drücker hin und her überlegt. Hatte mit der Hand auf ihrem prallen Bauch, aus dem ständig ein Händchen oder ein Fuß drückte, darüber nachgedacht, welcher Name zu diesem lebendigen Kind passen könnte, und ihr fiel immer nur der eine ein: Sibylle. So hatte ihre beste Freundin aus Kindertagen geheißen. Die Freundin, mit der sie jahrelang wie verwachsen gewesen war. Ihre Sibylle. Mit der sie durch dick und dünn gegangen war. Eine zum Pferdestehlen. Eine, die immer Ideen hatte. Bis Sibylle schließlich diesen grässlichen Heinemann heiratete. Der war ein ganz Linientreuer. Und danach waren die Ideen weg, und ihre Freundschaft wurde nie wieder, was sie mal war.

Christa schaute ihrer Tochter dabei zu, wie sie ihren Kindern den Zwieback gab. Immer alles ein bisschen fahrig, immer ein bisschen zu laut, zu schnell, zu ungeduldig, zu viel. Sibylle war von allem ein bisschen zu viel. Und Christa konnte jetzt schon sehen, dass der Kleine genauso war wie seine Mutter. Sie schaute auf ihren Mann, suchte seinen Blick. Sah er auch, was sie sah? Friedrich war immer ihr Verbündeter gewesen. Was nicht hieß, dass sie ihn nicht manchmal auch hasste. Natürlich hasste sie ihn manchmal,

Hass war nicht das Gegenteil von Liebe, sondern nur eine andere Spielart davon. Man konnte jemanden nicht einhundertprozentig lieben, wenn man ihn nicht wenigstens ab und zu auch mal hasste. Aber sie und Friedrich teilten alles. Zumindest was ihre Gedanken anging. Das war immer schon so gewesen. Seitdem sie sich 1954 in Berlin begegnet waren und sofort unzertrennlich wurden. Christa war mit einer Freundin in die Großstadt gefahren, ein kleiner Ausflug in eine andere Welt, und gemeinsam waren sie in eine Art Demo geraten. Das war ein Jahr nach dem Aufstand vom 17. Juni, den die Sowjets gewaltsam niedergeschlagen hatten. Und als sie sich da mitten in einer Menschenmenge wiederfanden, war ihr ganz mulmig geworden. Die Leute um sie herum demonstrierten für ein vereintes kommunistisches Deutschland, und zwischen all diesen Leuten stand auf einmal Friedrich vor ihr, breitschultrig, dunkelhaarig und mit einem Gesichtsausdruck, der sich nicht zwischen amüsiert und pikiert entscheiden konnte. Aber sie sah ihn eigentlich gar nicht so sehr, wie er da plötzlich auftauchte, als dass sie ihn roch. Sie standen zwischen Ruinen und der Straßenbahn am Leipziger Platz, und plötzlich zog ein Hauch von Frische über sie hinweg. Und sie hatte gedacht, wie jetzt, frisch gewaschene Wäsche? Und das war Friedrich. Mittlerweile roch er nach altem Mann. Aber in den Anfangsjahren ihrer Beziehung, die später eine Ehe wurde, hatte er immer nur nach frischer Wäsche gerochen. Sie hatte nie herausgefunden, woher dieser Geruch kam. Es waren nicht seine Sachen, kein Aftershave und auch kein Eau de Toilette. Es war einfach Friedrichs Haut. Die Haut, unter der ein Charakter steckte, der so integer war wie kein anderer, den sie kannte. Friedrich war einer der wenigen Menschen, der, was das anging, eine weiße Weste hatte. Der ließ sich nichts zuschulden kommen, schenkte Menschen seine Loyalität. Er folgte seinen Idealen. Sie beide hatten sofort zusammengefunden. Ohne großes Hin und Her. Gemeinsam zogen sie nach Rostock, wo Friedrich im Bekleidungswerk Karriere machte, und ein paar Jahre später kam Sibylle zur Welt und krönte ihr Glück. Und es stimmte, viel geholfen im Haushalt oder mit der Kindererziehung hatte er nicht, aber welcher Mann tat das schon? Dafür konnte sie immer alles Arbeitstechnische mit ihm ausdiskutieren und er auch mit ihr. Sie hatten eben eine klare Aufteilung gehabt. Für das Private war sie verantwortlich, Haushalt, Urlaub und Kindererziehung – da redete er ihr nicht rein. Da machte er, was sie sagte. Dafür regelte er ihre Finanzen und sorgte dafür, dass es ihnen an nichts fehlte.

Sie beobachtete ihren Mann, wie sein Blick erst in Richtung Kühlschrank, dann in Richtung Armbanduhr wanderte. Er prüfte, ob er sich schon ein Bier oder gar ein kleines Schnäpschen genehmigen konnte. Nun ja, Friedrich war nicht perfekt, das hatte sie auch nie behauptet. Immerhin kam er aus dem Haus, aus dem er kam. Oh, und was das für ein Haus war. Seine Eltern waren Nazis durch und durch gewesen, und das hatte mit dem Ende des Krieges nicht aufgehört. Und sosehr sie ihren Mann für einen integren Menschen hielt, so sehr wusste sie auch, dass in ihm ganz andere Tendenzen schlummerten. Ja, wenn man ehrlich war, es war vielleicht gerade das Bewusstsein über seine vererbten Neigungen, die Friedrich zu dem integren Menschen machten, der er war. Als müsste er sich im Alltag extra korrekt verhalten, damit ja niemand erahnte, was sich tatsächlich manchmal in seinem Hirn abspielte.

In Friedrichs Hirn saß sein Vater und vergiftete ihn von innen. Sein Vater, der immer gerne die Anekdote erzählte, wie er 41 oder so zum Stabsarzt gerufen wurde und dieser ihn aufgrund seiner Größe (Friedrich schien aus einer Familie Kleinwüchsiger zu stammen, und es grenzte an ein reines Wunder, dass er stolze einen Meter fünfundsiebzig maß) mit den Worten »Der Kleene? An dem is' ja nüscht dran« wieder nach Hause schickte. Aber die Wahrheit war, dass »der Kleene« es zum Ende immerhin zur Waffen-SS schaffte, von der er schließlich 44 in das Konzentrationslager Sachsenhausen beordert wurde, um dort als Mitglied des SS-Totenkopf-Wachbataillons zu dienen. Und was das genau bedeutete, wollte sich Christa nicht mal vorstellen. Dass Friedrichs Vater in der »entnazifizierten« DDR dann trotzdem ein hochgeachteter Professor am Lehrstuhl für medizinische Statistik in Halle-Wittenberg wurde, hatte er wohl nur seiner nebenberuflichen Tätigkeiten für die Stasi zu verdanken. Und was das bedeutete, konnte sich Christa nicht nur hervorragend vorstellen, sie hatte es oft genug am eigenen Leibe erlebt. Nicht mit Friedrichs Vater. Aber mit anderen Versionen von Friedrichs Vater.

Alles in allem war Christa froh, dass sie weit weg waren von Friedrichs Vater. Und von dessen Gedankengut. Friedrich hatte sich im Prinzip immer davon distanziert. Seit die Mauer gefallen war, brodelte aber das, was tief in Friedrich steckte, langsam höher. Immer öfter kommentierte er die Nachrichten mit ausländerfeindlichen Parolen. Und es war nur eine Frage der Zeit, bis Sibylle, die an ihrem Vater nichts so sehr verachtete wie seine vererbten Tendenzen, darauf aufmerksam werden würde. Und sie, Christa, würde dann wieder dazwischenstehen, so wie sie auch schon in der Vergangenheit wie ein Puffer zwischen ihrer Tochter und ihrem Mann stand, wenn diesem mal wieder im Suff – immer nur im Suff – sein wahres Ich über die Lippen rutschte. Und Sibylle war nichts mehr zuwider als der Nationalsozialismus, zumal sie ja auch noch einen Juden geheiratet hatte. Auch das war natürlich typisch für sie, es konnte nämlich nicht einfach der Hans von nebenan sein. Nein, nein, damit gab sich Fräulein nicht ab. Schon der erste Junge, den sie mit nach Hause gebracht hatte, war ein gewisser Carlos gewesen. Carlos! Ein Sohn chilenischer Flüchtlinge, mit dem sie in ihrem Zimmer stundenlang Víctor Jara gehört hatte, während Christa draußen vor der verschlossenen Tür ahnte, dass Sibylle ihr auch mit ihrer Männerwahl höchstmögliche Anstrengung bereiten würde.

Als Sibylle André das erste Mal mit nach Hause brachte,

musste sie trotzdem schlucken. Ein Jude war nämlich noch weitaus exotischer als ein chilenischer Flüchtling. Nicht dass sie keine Juden hatten in der DDR, aber André war ein Jude, der sich selbst als einer bezeichnete, und das war definitiv nicht normal. Auf jeden Fall verachtete Sibylle alles, was auch nur entfernt mit der Verherrlichung von Nationalsozialismus zu tun hatte. Sie hasste auch den Sozialismus, wenn man es ganz genau nahm. Aber auch der Kapitalismus schien Sibylle nicht besonders zu liegen, da sie nun um Geld bitten musste, um sich und ihre Familie über Wasser zu halten.

Friedrich lehnte natürlich erst einmal ab, was sie ihm hoch anrechnete. Sie hatte ihm oft vorgeworfen, viel zu lax mit Sibylle gewesen zu sein. Das mit der Musik hatte er auch von Anfang an unterstützt. Und manchmal hatte sie das Gefühl, es gefiel ihm, dass seine Tochter die kreative Seite auslebte, die er an sich selbst, denn so war er erzogen worden, immer hatte ignorieren müssen. Als sie an die Musikhochschule wollte, hatte er sofort zugestimmt. Es war ihm nicht einmal in den Sinn gekommen zu fragen, wie sie denn als Sängerin zu überleben gedachte. Dabei, fand Christa, war das die wichtigste Frage. Denn man konnte ja wohl nicht davon ausgehen, dass Sibylle zu den paar wenigen gehörte, die es nach oben schafften. Sie würde studieren, um dann eine mittelmäßig erfolgreiche Sängerin zu sein. Und dann was? Aber diese Frage hatte Friedrich ja gar nicht interessiert.

Er war geblendet von ihrem Talent – 'ne schöne Stimme hatte sie ja wirklich – und von der Vorstellung, eine Künstlerin in der Familie zu haben. Ja, verwöhnt hatte er sie, und davon hielt Christa nichts. Abgesehen davon musste ja irgendjemand die Schuld dafür tragen, dass ihre Tochter so ein kapriziöses Geschöpf geworden war. Und die Schuld lag eindeutig bei Friedrichs Weichheit. Und bei seiner eigenen Egozentrik. Friedrich und Sibylle hatten beide ein geradezu ungesundes Selbstbewusstsein.

Ach, das liebe Geld. Damit hatte Sibylle nie umgehen können, ganz im Gegenteil zu ihr und Friedrich. Ihnen war es immer vergleichsweise gut gegangen, so war Sibylle aufgewachsen, und vielleicht war das das Problem. Sie hatten sich immer den einen oder anderen Luxus leisten können, von dem es in der DDR ja sowieso sehr wenig gab: Mandarinen in Dosen, Kaffee aus dem Intershop. Am Ende kauften sie da natürlich oft ihre eigenen Produkte, die in ihrem Land für den BRD-Markt hergestellt worden waren. Auch so eine Ironie ihres Daseins. Aber jedenfalls hatten sie immer ein bisschen mehr Geld zur Hand als andere oder, anders gesagt: Sie hatten immer ein bisschen mehr Luxus gehabt als andere; ein besseres Auto und schon auch mal einen Urlaub in Bulgarien. An die Urlaube erinnerte sich Christa gerne. Sie war sonst niemand, der groß in Erinnerungen schwelgte. Sie hielt nichts von diesem Früher-war-alles-besser-Geschwafel. Früher war alles genauso gut und schlecht wie heute, so sah sie das. Ganz anders Friedrich. Friedrich war ein Meister der Nostalgie. Er erinnerte sich an alles. Zum einen, weil er über ein fantastisches Gedächtnis verfügte. Aber dann vor allem, weil er sich im Laufe der Jahre sein eigenes Leben wie einen Roman erzählte. Mein Gott, wie gern Friedrich über sein Leben sprach, ach, »referierte« wäre wohl das passendere Wort. Friedrich erinnerte sich an jedes einzelne seiner Erfolgserlebnisse, und er liebte es, ausschweifend davon zu berichten.

Genauso erinnerte er sich aber auch an jede Niederlage. An jeden Verrat. An jede hinterhältige Bemerkung. Er war sich zu jeder Zeit ganz genau im Klaren darüber, wer Freund und wer Feind war. Und auch, weil das ja hin und wieder vorkam, wer gerade von dem einen zum anderen geworden war. Und darüber sprach er fast genauso gerne wie über seine Erfolge. Wenn er dann einmal im Redefluss war, konnte ihn nichts mehr stoppen. Sie hatte sich angewöhnt, in solchen Momenten auf Durchzug zu schalten. Bei aller Liebe, sie kannte die Geschichten doch in- und auswendig. Sibylle war da anders. Sie hörte ihrem Vater immer wieder aufmerksam zu. Fragte nach. Dachte nach. Dabei tat ihr das gar nicht gut, glaubte Christa. Sibylle nahm Friedrichs Geschichten nämlich oft genau als das wahr, was sie im Grunde waren: Bedrohungen, Aufforderungen, Druck. Sibylle verstand, was ihr Vater meinte: Schau mal, wie erfolgreich ich gewesen bin, das ist deine Zielmarke. Dann mach mal. Versuch mal, so gut zu sein wie ich. Und am Ende stritten sich die beiden meist, was immer damit endete, dass Sibylle in Tränen ausbrach. Und sie, Christa, stand dazwischen. Natürlich musste sie ihrer hochemotionalen Tochter dann auch mal sagen, dass sie nun aber übertrieb. Manchmal, weil es wirklich so war, und manchmal, weil Friedrich das so von ihr erwartete. Und weil sie nicht wollte, dass er sich noch weiter aufregte. Manchmal auch nur, weil das Rumgebrülle der beiden eine schiere Lärmbelästigung war. Die beiden konnten sich gegenseitig hochschaukeln wie sonst nichts. Friedrich war, genauso wie Sibylle, einer, der immer übertrieb. Die beiden waren doch ein Pott, ein Eimer, was das anging. Zwei, die den großen Auftritt liebten. Den großen Streit. Das große Drama. Dabei wollte sie, Christa, doch einfach nur ihre Ruhe haben. Aber irgendwann hatte Sibylle das in den falschen Hals bekommen und war nun davon überzeugt, dass ihre Mutter nicht auf ihrer Seite stand. Christa hatte diesen Bruch zwischen ihnen beiden kurzzeitig fast genossen, denn ein bisschen freute es sie tatsächlich, wenn Sibylle litt und einmal nicht davon überzeugt war, dass ihr die ganze Welt zu Füßen lag. Irgendwann hatte es ihr dann aber doch leidgetan. Inzwischen schien es zu spät, den Verrat zurückzunehmen oder richtigzustellen. Dafür hätte sie Sibylle viel zu sehr hofieren müssen, und das lag ihr nicht, auch wenn es sie durchaus beeindruckte, wie Sibylle ihr Leben lebte. So akzeptierte Christa schlicht, dass es diese Missverständnisse zwischen ihr und ihrer Tochter gab. Es war ihr nicht egal, aber sie ließ sich auch nicht verrückt machen davon. Menschen konnten nicht in völliger Harmonie miteinander leben. Das wäre zwar schön gewesen, aber eben nicht realistisch. Und wenn Christa eines war, dann realistisch. Sie war keine Träumerin. Gab sich keinen Ideen hin, die ohnehin nicht durchführbar waren. Christa stand mit beiden Beinen fest auf dem Boden. So fest natürlich, dass es manchmal schwer war, sich überhaupt noch zu bewegen. Doch wenn die Wende ihr eins gezeigt hatte, dann, dass man nie aufhören sollte, sich zu bewegen. Das Ganze hatte sie schon ein wenig erschüttert. Sie hatten ja alle gedacht, ihr Land würde immer so bleiben. Die Mauer immer stehen. Und jetzt war alles vorbei, und sie mussten, so nannten die Wessis das, flexibler werden. Aber man sollte schon wissen, in welche Richtung die Bewegung sinnvoll war. Es war nicht so, dass Christa keine Ideen hatte. Aber mit Sinn und Verstand. Es gab eben einen feinen Unterschied zwischen Vision und Illusion. Echte Visionen ließen einen wachsen. Darum ging es doch. Wer aufhörte zu wachsen, war tot.

Dafür bewunderte Christa ihre Tochter schon, das hatte sie von Friedrich, dieses Bedürfnis, immer weiterzuwachsen. Nie den Status quo als einzige Möglichkeit hinzunehmen. Was ja doch eine Art Ehrgeiz war – auch wenn Sibylle diesen an ihre Musik verschwendete. Aber auf der Stelle stand ihre Tochter nie. Manchmal schien es, als wollte sie die ganze Welt neu erfinden. Hatte sie nicht genau darüber mal ein Lied geschrieben? Wie hieß das noch? Mensch, das Lied mochte sie. Und das konnte sie ihrer Tochter auch ruhig mal sagen.

»Sibylle«, wollte Christa ihre Tochter nach dem Lied fragen und wurde prompt von ihrem Enkel darauf hingewiesen, dass ihre Tochter »Billie« genannt werden wollte.

Das gibt es doch nicht, dachte Christa. Selbst die Kinder fingen schon mit diesem kapriziösen Unsinn an.

»Mama sagt, es gibt nichts, was nur für Männer oder nur für Frauen ist. Alles ist für alle«, hörte sie den Großen kurz darauf auch noch sagen und ärgerte sich über diesen Unsinn, den sich auch nur ihre Tochter ausdenken konnte.

Doch dann musste sie unwillkürlich lächeln, denn irgendwie entsprach das ja auch ihrem eigenen Lebenskonzept. Ihre Schüler hatte sie auch immer gleich behandelt. Unabhängig davon, ob es sich um Jungen oder Mädchen handelte. Sie waren doch alle gleich, das war nicht nur die Grundidee ihres Sozialismus gewesen, davon war sie als Frau, die immer gearbeitet hatte, überzeugt. Guck mal an, Sibylle hatte also doch das eine oder andere von ihr gelernt. Manches setzte sich sowieso durch, egal wie sehr ihre Tochter versuchte, alles anders zu machen als sie. Wenn sie Sibylle mit den Kindern sah, abgesehen von der inneren Unruhe, die ihre Tochter immer, wirklich immer, ausstrahlte, sah Christa trotzdem manchmal sich selbst als junge Mutter. So unterschiedlich waren sie beide nämlich nicht. Das hier war schon ihre Tochter, und sie war ihre Mutter, mit allem, was dazugehörte.

Und in den Jungs sah sie Sibylle. Christa liebte die Kleinen. Liebte es, mit ihnen Zeit zu verbringen, sie zu fordern und zu fördern. Ihnen vorzulesen und mit ihnen zu kuscheln. Wenn Christa Sibylle mit den Kindern sah, war sie stolz. Die drei waren ihr Vermächtnis. Und Sibylle eine tolle Mutter. Sie wusste, sie hätte Sibylle das öfter sagen müssen. Andererseits: Dieser Hunger, diese Abhängigkeit Sibylles von Lob und Anerkennung, die nervte Christa. Sie hatte ihr Kind doch wohl dazu erzogen, selbstbewusst auf eigenen Füßen zu stehen. Und doch wusste sie, niemand war so sehr vom Applaus abhängig wie Sibylle. Und das war ihr zuwider. Wer hatte ihr, Christa, denn schon jemals gesagt, dass sie etwas toll gemacht hatte? Ihre Eltern bestimmt nicht, Mensch, die hatten nun wirklich andere Sorgen gehabt. Ihre Schüler mochten sie, das wusste Christa. An ihrem Geburtstag brachten sie ihr Geschenke, und wenn sie die Schule nach der Zehnten verließen, überschütteten sie sie mit Komplimenten und Liebesbekundungen. Ihre Kollegen begegneten ihr mit Wertschätzung, genauso die meisten Eltern. Sie hatte nie mit irgendjemandem Streit gehabt, im Gegenteil.

Deswegen glaubte sie ja, dass der Job so eine wichtige Angelegenheit im Leben war. Wo sonst erhielt man Bestätigung? Doch nur auf der Arbeit und von Männern. Aber eine Frau für viele Männer, das war sie noch nie gewesen. Sie hatte immer nur ihren Friedrich gehabt, damit war sie zufrieden. Darin war ihre Tochter ihr auch ähnlich. Wie lange war sie nun schon mit André zusammen? So viele

Jahre, hatten sich ja jung kennengelernt die beiden. Und auch wenn dieser jüdische Mann mit den ernsten Augen vielleicht nicht Christas erste Wahl für Sibylle gewesen wäre – was machte er eigentlich genau beruflich? Irgendwas mit Tontechnik, so viel wusste Christa. Auf jeden Fall hatte er nicht studiert, und mit Geld umgehen konnte er auch nicht, das hatte Christa gleich vermutet und damit richtiggelegen, aber: André kümmerte sich um Sibylle und die Kinder mit einer Liebe und Hingabe, die sie als Sibylles Mutter nur begrüßen konnte. Auch weil es sie selbst entlastete. Einmal, das war noch vor den Kindern gewesen, da war Sibylle bei einem Heimatbesuch so krank geworden, dass sie tagelang hohes Fieber hatte. Und André war ständig zwischen Bad und Schlafzimmer und Küche hin und her gerannt, hatte seiner Sibylle Wadenwickel gemacht und die Thermoskanne immer wieder mit Tee mit Honig aufgefüllt, ihr Gedichte vorgelesen und Lieder vorgesungen, und da hatte Christa gewusst, das war der richtige Mann für ihre anstrengende Tochter.

Nämlich einer, der die Anstrengung geradezu zu suchen schien. Der Sibylle liebte, wie sonst niemand Sibylle lieben konnte. Mit all ihren Extravaganzen. Sie hätte Sibylle gerne mal gefragt, ob sie André auch so sehr liebte wie umgekehrt, aber erstens war es nicht ihre Art, solche Fragen zu stellen, und zweitens, wann hätte sie das tun sollen? Seit die Kinder da waren, gab es selten eine Gelegenheit, sich über irgendetwas in Ruhe zu unterhalten. Meistens, so wie jetzt, wenn sie mit dem Großen darüber diskutierte, ob Sibylle nun Billie hieß oder Sibylle (natürlich Letzteres), redete sie mehr mit den Kindern als mit ihrer eigenen Tochter.

Das fehlte Christa. Die Gespräche mit Sibylle. Die Zeit allein. Sie war doch ihr einziges Kind, früher hatten sie so viel Zeit miteinander verbracht. Und die meiste davon allein. Friedrich hatte ja immer seine Arbeit und sein Tischtennis gehabt. Da verschwendete er seine Tage. Sie hingegen hatte jede freie Minute mit Sibylle verbracht. Und diese Zweisamkeit fehlte ihr heute. Sibylle fehlte ihr. Ach Mensch, jetzt hatte sie ganz vergessen, was sie Sibylle eigentlich fragen wollte. Genau das war das Problem. Keinen Gedanken konnte man in diesem Trubel zu Ende denken.

Vielleicht würde sie ihrer Tochter eine gemeinsame Radtour vorschlagen? Nur sie zwei. Das hatten sie früher doch gerne gemacht. Erst mit Sibylle auf dem kleinen Ledersitz am Lenker. Irgendwann dann mit Sibylle auf ihrem eigenen Rad. Sie und Sibylle, immer an der Küste entlang. Sie hörte Sibylles Lachen geradezu, wenn sie sich daran erinnerte. Das würde sie gerne mal wieder erleben. Aber vorzuschlagen, etwas ohne ihre Enkelkinder zu machen, kam ihr auch falsch vor, so oft bekam sie die beiden ja nicht zu sehen. Sie bräuchte also einen Vorwand. Sie könnte behaupten, irgendwo etwas abholen zu müssen, wo man besser mit dem Fahrrad hinkam. Dass sie nur zwei Fahrräder hatten, traf sich hervorragend. Vielleicht könnten sie ein paar Gläser Honig bei den Burmeisters abholen, die an der Stoltera eine Ausflugsgaststätte hatten und dort hinter dem Haus, in dem sie auch wohnten, einen Bienenstock unterhielten. Die Idee gefiel ihr. Sibylle liebte solche Sachen, echten Honig von den Bienen an der Stoltera, das würde sie überzeugen. Die Tour würde von ihrer Wohnung in Evershagen aus etwa eine halbe Stunde dauern. Und dann könnten sie noch ein bisschen an der Steilküste spazieren gehen. Vielleicht sogar was essen. Nur sie zwei. Ein Glas Wein dazu? Jetzt gab es bei ihnen ja endlich Wein, den man auch trinken mochte. Ja, sie würde Sibylle gleich danach fragen. Sobald sie aus dem Bad kam.

3
BILLIE

Sie stand auf dem Balkon, das Wasserglas in der Hand, und rauchte heimlich eine. Die Jungs und ihre Eltern schliefen. Es war kurz vor zwölf, und sie schaute in den dunklen Innenhof, auf dem sie groß geworden war. Sie versuchte, sich zu erinnern. An das Lachen der anderen Kinder und wie es sich mit ihrem vermischte. Die frisch gewaschene Wäsche, die überall hing und um die sie herumliefen wie im Slalom. An das kleine Kätzchen, das sie und Mutti gemeinsam gepflegt hatten, bis sie es eines Morgens in dem Busch, gebettet auf ein altes Kissen, tot vorfanden. Das war alles, was ihr aus dieser Zeit einfiel. Und selbst das bisschen war am Ende bestimmt ganz anders gewesen. Man wusste so viel und so wenig. Es gab keine richtigen Erinnerungen, nur falsche. Es gab nur Geschichten, die man sich über sich selbst erzählte. Hirnforscher haben herausgefunden, las sie vor Kurzem, dass das Gedächtnis häufig im Dienst seines

Besitzers interpretiert und darauf aufbauend einen erzählbaren Lebenssinn herausarbeitet.

War das damals Glück oder Elend? Ist sie, Billie, ein glückliches Kind gewesen? Das kam wohl darauf an, wen man fragte. Welche Geschichte erzählte sie sich über ihr Leben? Sie war dreißig, zweifache Mutter, Musikerin, arbeitslose Musikerin, Ehefrau und Geliebte, Tochter ihrer Mutter, Tochter ihres Vaters. Eine Wilde, eine Kontrollierte, eine Schlaue, eine Dumme. Sie war nicht mehr ganz jung und noch nicht ganz alt. Sah erste Falten unter ihren Augen, die (noch) aber vor allem vom Lachen kamen. Manchmal lachte sie im Schlaf, und wenn sie sich morgens versuchte zu erinnern, was so lustig gewesen war, fiel es ihr nicht mehr ein. Oft träumte sie, dass sie fliegen konnte.

Ihre Stimme war tief und rauchig, sie trank am liebsten Wodka. Sie trug gerne Jeans und bauchfreie T-Shirts, gepaart mit extravaganten Blazern, Kimonos oder Ledermänteln. An ihren Füßen weiße Reeboks oder schwarze Lederstiefel. Im Sommer Jesuslatschen. Blutgruppe null, Rhesusfaktor negativ, Charakter: wallend. Wallendes Blut, starkes Herz. Ungeduldig, warmherzig, enthusiastisch.

Aber auch: voller Abgründe. Sie hatte keine Angst vor der Dunkelheit, im Gegenteil, sie suchte sie. Sie brauchte den Abgrund, um in die Tiefen ihrer selbst zu gelangen. Sie brauchte das Dunkle für all das Helle, das in ihr strahlte. Billie zog an ihrer Zigarette und versuchte, in sich hineinzuhören. Was fühlte sie? Hier? Auf diesem Balkon? Zwei mal zwei Meter Zuhause.

Wobei Zuhause auch irgendwie das falsche Wort war. Ja, sie war hier zu Hause und war es doch schon lange nicht mehr. Manchmal fühlte sie sich wie ein Gast. Manchmal sogar wie ein unwillkommener Gast. Sie merkte, dass sie und die Jungs die Ruhe ihrer Eltern störten. Die Ordnung, den geregelten Gang. Den inneren und äußeren Frieden. Und umgekehrt waren auch sie hier nicht sie selbst. Waren leiser oder lauter, versuchten zu gefallen oder zu provozieren. Sie brachten einander alle aus dem Gleichgewicht. Hier in diesem Gestrüpp aus Familie. Familien waren einander zu nah, es gab zu viel Ehrlichkeit und gleichzeitig zu viel Verschwiegenes, als dass sie sich bedingungslos hätten begegnen können. Es gab zu viel Liebe und auch zu viel Hass. Die Worte ihrer Mutter dröhnten in ihren Ohren: »… dieses ganze Musikzeug, das müsstet ihr euch wirklich mal überlegen. Mein Gott, das ist ja alles schön und gut, aber leben kann doch davon niemand.« Und plötzlich zogen ihr diese Worte den Boden unter den Füßen weg. Sie fiel geradezu auf den Rattanstuhl hinter sich. Genau in diesem Moment wusste sie ganz klar, ihre Mutter hatte recht. Billie war dreißig, hatte zwei Kinder und würde nun auf Kosten ihrer Eltern leben. Ihrer Eltern, die jeden Morgen zu einer geregelten Arbeit gingen und jeden Abend erschöpft davon zurückkamen, die sich anstrengten, die etwas Schweres leisteten, während alles, was Billie tat, Lieder schreiben und vertonen war. Während sie das tat, wovon sie immer geträumt hatte. Klar, manchmal war das auch anstrengend. Hin und wieder zweifelte sie, kam sie nicht weiter. Aber ihre »Anstrengung« bedeutete, dass sie, wenn ihr eben kein Reim, keine Note gelingen wollte, stattdessen einfach ins Kino ging oder sich mit einer Freundin traf. So sah es nämlich aus. Sie machte sich nicht tot. Sie lebte viel mehr, als sie arbeitete. Taten das nicht alle Künstler? Künstler. Sie fuhr unmerklich zusammen. Durfte sie sich überhaupt so nennen? Künstlerin? Wer dachte sie, dass sie war? Etwas Besonderes? Die eine Sängerin unter Millionen, die es besser oder berührender oder ergreifender konnte? Billie betrachtete ihren Schatten, der über die Balkonmauer fiel. Was konnte sie denn eigentlich, was andere nicht konnten? Manchmal schrieb sie ein Lied, manchmal zwei, die ihr wirklich gefielen. Aber das war doch nicht genug. Es war nie genug. Sie war nie genug. Egal wie vermeintlich erfolgreich sie war, egal ob es dort draußen Leute gab, die gerne, ja begeistert ihre Musik hörten – es waren eben nicht Hunderttausende, und daher war sie nicht genug. Man hatte nie im Fernsehen über sie gesprochen, und vor ihrer Tür warteten auch keine Fans. Nicht mal erkennen tat man sie, wenn sie durch die volle Kaufhalle ging. Sie war absolutes Mittelmaß. Ihr wurde übel bei dem Gedanken. Mittelmaß. Sie war eine mittelgute, mittelerfolgreiche Sängerin. Und jetzt verdiente sie damit nicht mal mehr genug Geld, um zu überleben. So eine Scheiße. Dass sie bei dem, was sie tat, ihr Innerstes nach außen kehren und dann auf die Gunst des Publikums hoffen musste, war sowieso schon eine Ausgangssituation voller Zerstörungspotenzial. Noch dazu war sie der kompletten Unberechenbarkeit des subjektiven Geschmacks ausgeliefert. Billies gesamte Schaffenskraft war von Gefühlen der Angst und Unsicherheit begleitet, die ihr immer zusetzten. Die es ihr immer schwer machten, wieder und wieder das Unmögliche zu wagen und etwas Neues zu erschaffen. Aber in Gegenwart ihrer Eltern erschlug es sie. Wenn dieses Gefühl des Niemals-genug-Seins, der Angst vor dem Mittelmaß, sie zu Hause in Berlin – meistens gegen drei Uhr nachts – heimsuchte, dann sagte Billie sich: Um drei Uhr nachts ist jeder Gedanke unheimlich. Du musst einfach nur die Augen schließen und weiteratmen. Irgendwann wird es hell, irgendwann ist morgen, irgendwann ist ein neuer Tag, und die Angst wird vom Licht verschluckt. Und dann stehst du wieder auf und lebst weiter. (Was für eine Kraftanstrengung, trotzdem jeden Morgen wieder aufzustehen, wieder auf das Beste zu hoffen.) Aber wenn sie bei ihren Eltern war, war es die ganze Zeit drei Uhr nachts. Sie hatte hier weder genug Zeit noch die innere Ruhe, um das Angstgefühl zu überwinden. Es gab keine Morgensonne, die die Angst verschluckte. Das Gefühl war immer da. Legte sie schlafen und weckte sie auf, folgte ihr tagsüber wie ein Schatten. Übermannte sie wie eine Welle, ein Sog, der sie stetig weiter nach unten zog und sie, mit all ihrer Angst des Niemals-genug-Seins und des Feststeckens im Mittelmaß, unter Wasser drängte. Die Luft wurde knapp, die Wasseroberfläche, das Licht, alles verblasste, und sie sank tiefer und tiefer. Sie ertrank. Sie ertrank über Stunden, über Tage, bis sie wieder zu Hause in Berlin war. Bis sie nicht mehr dieses Gefühl hatte, das sie in Gegenwart ihrer Eltern am intensivsten verspürte: Sie war nicht genug. Nie war irgendwas genug.

Wahrscheinlich stimmte es, was man sagte, dass Mutter und Vater die ersten Liebespartner eines Menschen waren. Und wie sie einen liebten, prägte alles. Man wollte ihnen gefallen, wollte, dass sie stolz auf einen waren. Da kam man nicht raus. Egal wie viel eigenes Leben man sich schon aufgebaut hatte. Und ja, manchmal lobte ihre Mutter sie auch. Manchmal sagte ihr Vater in einem Nebensatz, das Lied war stark. Und trotzdem. Es war nicht genug. Billie war nicht gut genug. Sie wurde das Gefühl in der Gegenwart ihrer Eltern nicht los. Und dann ärgerte sie sich über sich selbst, dass sie so abhängig von der Zuneigung ihrer Eltern war, dass sie dieses Gefühl der Zufriedenheit nicht aus sich selbst heraus empfinden konnte. Dann versuchte sie, umso zuversichtlicher nach außen zu wirken, umso selbstbewusster, umso mehr an sich zu glauben – denn wenn sie es nicht tat, wer sonst, verdammt noch mal? Aber tief drinnen beschimpfte sie sich selbst als »Opfer«, als »Schwächling«, als »Versager« und fühlte sich danach schlimmer als zuvor. Was für ein Teufelskreis.

Jetzt stand sie hier auf diesem Balkon und hätte gerne die Wahrheit herausgeschrien. Dass sie sich nie genug fühlte und jetzt umso weniger, da sie eigentlich mit den Jungs aus Berlin geflüchtet war. Da das Einzige, was bisher gut funktioniert hatte, ihre Ehe, nun auch auf der Kippe stand. Ja, sie war geflüchtet vor André. Und ja, wenn sie das so dachte, dass es eine Flucht gewesen war, dann klang das zu dramatisch. Er hatte sie nicht geschlagen oder so. Er hatte ihr nicht gedroht oder sie schlecht behandelt. Aber er hatte ihr die Luft zum Atmen genommen. Und verletzt hatte er sie.

Natürlich hatte sie auch ihn verletzt. Bei dem Gedanken atmete Billie scharf ein. Das passierte ihr in letzter Zeit immer wieder. Sie konnte nicht mal in Ruhe darüber nachdenken, wie sehr er sie verletzt hatte, ohne ihren eigenen Schmerz gleich mit seinem zu relativieren. Wie sehr André sie und ihre Gedanken doch inzwischen unter Kontrolle hatte. Sie traute sich nicht mal mehr, frei zu denken. War immer auf der Hut, selbst wenn sie keiner hören konnte. Billie war in ihrer Beziehung nicht nur eine Betrügerin geworden, sondern auch eine Selbstverleugnerin. Und darunter litt sie am meisten.

Ein paar Wochen nach dem Mauerfall hatte sie André in einer langen Nacht voller intimer Gespräche gebeichtet, dass sie manchmal gerne Sex mit anderen Männern hätte. Und er hatte darauf mit absoluter Erschütterung reagiert. Was Billie fast ein wenig lächerlich fand, denn als sie einander in Bulgarien kennenlernten, hatte sie André erst von ihrem Freund zu Hause in Berlin erzählt und dann trotzdem einen Abend später mit ihm geschlafen – was hatte er denn gedacht, wer sie war? Vor ein paar Monaten hatte André ihr endlich gesagt, dass sie machen solle, was sie wolle. Sie wusste, wie schwer ihm das gefallen war. Sie wusste, dass er das eigentlich nicht wollte. Und trotzdem hatte sie das »Angebot« sofort angenommen. Seitdem hatte sie zu viele Männer gehabt, das war klar. Zumindest waren es in letzter Zeit zu viele gewesen. Zu viele, weil sie Mutter war. Zu viele, weil sie Ehefrau war. Und vor allem zu viele, weil das gar nicht gesund sein konnte – für ihre Psyche, jedenfalls nicht langfristig. Diesen Monat hatte sie ihre Tage nicht pünktlich bekommen und dann festgestellt, dass sie in den vergangenen zehn Tagen mit fünf verschiedenen Männern Sex gehabt hatte. Das hatte sie gleichzeitig schockiert und seltsam stolz gemacht.

Wenn sie ehrlich war, hatte sie schon immer gedacht, dass Monogamie ein erstickendes Konzept war. Wer konnte denn schon wirklich sein ganzes Leben nur mit einem Menschen zufrieden sein? Wer konnte ein ganzes Leben leben, ohne je wieder die Aufregung einer ersten Begegnung, einer ersten Berührung zu spüren? Dieses Gefühl, wenn sich Fremdheit in intime Vertrautheit verwandelte. Diese seltsame Magie, die niemand erklären konnte. Die einen in die Knie zwang und alles vergessen ließ. Die einen korrumpierte.

Bevor sie Kinder hatten, hatte sie ihren Bedürfnissen allerdings nie nachgegeben. Sicher, es gab Tagträumereien von irgendwelchen Kollegen oder Freunden, oft auch Freunden von André. Manchmal flirtete sie auch etwas forscher. Aber sie hatte gewusst, wo ihre Grenze lag. Sie hatte in ihrem Hinterkopf immer die leise Stimme der Vernunft gehört: Wenn André das herausfindet, verlässt er dich. Und diese leise Stimme hatte ausgereicht. Außerdem war sie so lange nur mit André glücklich, ja erfüllt gewesen. Es war ihr nicht schwergefallen, treu zu bleiben. Meistens jedenfalls.

Dann brachte sie ein Kind auf die Welt, drei Jahre später ein zweites. Und als Mutter von zwei kleinen Kindern hatte sie dann mehrere Jahre lang gar kein Leben mehr gehabt. Jahre, in denen sie sich von sich selbst komplett entfremdete: Jahre ohne Tagträume, ohne Flirten, nicht mal ein »Wie seh ich denn eigentlich aus?« brachte sie in diesen Jahren hervor.

Ihr Körper war ihr in dieser Zeit abhandengekommen. Es blieb nur völlige Erschöpfung und Losgelöstheit von dem, was sie mal gewesen war. Was sie mal gedacht hatte, wer sie war. Sie hatte sich in diesen Jahren völlig verloren. Hatte es als eine unmögliche Aufgabe empfunden, zwei Menschen dabei zu helfen, ihre Persönlichkeiten zu entwickeln, ohne ihre eigene dabei zu verlieren. Die Kinder hatten sie eingenommen wie ein Land, hatten von ihrem Leben Besitz ergriffen. Alles, was sie hatte, gehörte auf einmal auch ihren Söhnen. Ihr Körper, ihr Geist, ihre Zeit. Alles, was sie ausmachte, war jetzt auch Teil der beiden. Sie hatte vorher nicht gewusst, dass man, wenn man Mutter wurde, seine Seele verschenkte. Nicht nur den Körper, nein, auch alles, was in ihm steckte. Sie hatte es nicht gewusst, weil das auf ihre eigene Mutter entweder so nicht zutraf oder sie es sich nicht anmerken ließ. Mit welchem Mutterbild man selbst aufwuchs, bestimmte eben auch die Schlussfolgerungen für das eigene Muttersein. Sie war nie zuvor perfektionistisch gewesen, und dann wurde Sascha geboren, und mit einem Mal musste alles, was ihr Kind betraf, hundertprozentig gemacht werden. Plötzlich lag da ein fremder, hilfloser Mensch vor ihr, und sie war dafür verantwortlich, dass es ihm gut ging. So einen Druck hatte sie noch nie zuvor empfunden. Sie hatte sich das ganze erste Jahr so verloren gefühlt. Sie hatte sich gefühlt wie eine Sängerin, die nicht malen konnte und ständig vor eine Staffelei gezwungen wurde. Sie war überzeugt davon, dass sie als Mutter einen Job machen musste, für den sie einfach nicht geeignet war. Die Unberechenbarkeit eines kleinen Kindes, seine Hilflosigkeit, seine Abhängigkeit und die Unberechenbarkeit einer Mutter, ihre eigene Hilflosigkeit und Abhängigkeit – das hatte sie in den Wahnsinn getrieben. Nur zugegeben hätte sie das nie. Schwäche zeigen lag ihr nicht. Dabei hatte sie sich damals, in diesen ersten Monaten mit Sascha, gefühlt, als liefe sie durch tiefen Nebel, während sie gleichzeitig damit beschäftigt war, allen um sich herum das Gefühl zu geben, dass sie schon wusste, wo es langging. Sie hatte so getan, als würde sie marschieren, aber in Wahrheit war sie getaumelt. In Wahrheit sah sie die Hand vor Augen kaum. Und trotzdem war sie bei Sascha auch sehr glücklich gewesen, auf wirre und gleichzeitig sehr tiefe Art. Er war ein richtig pflegeleichtes Kind, bis heute. Und das hatte sie damals gerettet. Er hatte von Anfang an viel gelacht. Sie hatte ihm stundenlang vorgesungen, und er saß einfach in seinem Hochstuhl und schaute sie mit seinen großen, wunderschönen rehbraunen Augen an. In seinem kleinen Körper lag keine Faser des Bösen. Er war durch und durch gut. Das hatte sie von Anfang an gespürt. Ihr kleiner Sascha mit dem Herz aus Gold. Er hatte es ihr so leicht gemacht, wie ein Kind es seiner Mutter nur leicht machen konnte. Die Verwirrung kam allein aus ihr selbst. Sascha konnte nichts dafür. Sie waren gemeinsam hilflos, abhängig und unberechenbar gewesen. Da war eine Nähe zwischen ihr und ihrem Kind, die sie so noch nie zuvor gefühlt hatte. Zu zweit schafften sie es durch diese langen nebligen Tage. Damals hatte es nur sie und ihn gegeben, Billie hatte die ersten Monate nicht gearbeitet, niemanden getroffen und an nichts außer Sascha gedacht und so genug Zeit und Ruhe gehabt, um trotzdem sicher durch den Nebel zu navigieren. Aber sie wusste immer, dass sie nicht nur ein Kind haben wollte. Sie selbst war ein unglückliches Einzelkind gewesen. Zwei Jahren später wurde sie wieder schwanger – und dann kam Paul. Dass Paul ein anderes Kaliber war als sein großer Bruder, wurde ihr schon bei der Geburt klar. Eine Geburt, die geradezu über sie hereinbrach. Sie und André hätten es fast nicht ins Krankenhaus geschafft. Als die Wehen begannen, war sie langsam die Treppen zu dem älteren Herrn hinuntergestiegen, den sie alle nur Onkel Otto nannten und der blind war und deswegen ein Telefon besaß. Von dort aus hatte sie André, der im Studio war, Bescheid gegeben, und als André sich sofort auf den Weg machen wollte, ihn beruhigt, dass es sicherlich noch eine ganze Weile dauern würde. Weil Billie schon mal ein Kind bekommen hatte, dachte sie, sie wüsste, wie es läuft. Sie wusste nicht, dass dieses Kind nicht wie das andere war. Dass dieses Kind seine eigenen Regeln machte. André kam eine Stunde später nach Hause, und da hatte sie schon so starke Wehen, dass sie kaum noch stehen konnte. Bereits eine halbe Stunde nach Beginn der Wehen waren sie so schmerzhaft geworden, dass sie es nicht noch einmal die hohen Stufen in ihrem Altbauhausflur zu Onkel Otto hinuntergeschafft hätte. Und dabei mussten sie bis in das Krankenhaus im Friedrichshain, weil nur dort Väter bei der Geburt dabei sein durften und man nur dort das Kind nach der Geburt bei sich im Zimmer behalten durfte.

André hatte sie auf dem Rücken (Rücken an Rücken wegen ihres großen Bauchs) die Treppen hinuntergeschleppt. Im Krankenhaus eilten die Schwestern dann mit ihr in den Kreißsaal, sie dachte gute zwanzig Minuten lang, sie müsse sterben, ein Arzt kam rein und sagte ihr, sie mache das gut, und dann lag Pauli auch schon auf ihr. Er suchte nicht zuerst nach ihrer Brust oder schrie, nein, er hob den Kopf – eine kreischende Schwester im Hintergrund: »'n Neujeborenes, wat den Kopf heben kann? Ick gloob, ick kiek nich richtig!« – und sah Billie direkt in die Augen.

Er schrie schon die erste Nacht im Krankenhaus durch und ließ sich nur dann beruhigen, wenn sie ihn auf ihrem Körper schlafen ließ. Und so wurde das ganze erste Jahr mit ihm. Er schrie, wenn sie ihn auf die Spieldecke legte. Er schrie, wenn sie ihn in sein Babybett legte. Er schrie im Kinderwagen und die wenigen Male, wenn sie Auto fuhren, ebenfalls. Nur wenn er auf ihr lag oder sie ihn in der Trage durch die Gegend schleppte, schrie er nicht. Dann schaute er sie aus zu Schlitzen zusammengezogenen blauen Augen an, und sein ganzes Gesicht war Widerstand. Alles mit ihm war schwierig. Er ließ sich nicht stillen. Er hatte ständig Verstopfungen. Und er brüllte und wütete so viel, wie Sascha als Baby gelacht hatte. Ein Kind wie eine Kriegserklärung. So empfand Billie es. Und immer wieder scheiterte sie an sich selbst in diesen langen Nächten, in denen er einfach nicht in dem kleinen Bettchen neben ihr einschlafen wollte. Nächte, in denen sie sich nach Sascha sehnte, mit dem sie seit Pauls Geburt viel weniger Zeit verbrachte. Nächte, in denen sie ihren zweiten Sohn anstarrte und sich fragte, warum er es ihr so viel schwerer machte als der erste. In denen sie sich stumm fragte, wofür sie hier bestraft wurde. Billie starrte Pauli oft an und fragte sich, warum er sie so prüfte. Sie hatte gedacht, beim zweiten Mal würde es leichter. Sie hatte gedacht, beim zweiten Mal wüsste sie mit all der Müdigkeit – die bei Sascha, das erkannte sie nun, verhältnismäßig klein gewesen war, denn Sascha war ein Kind gewesen, das sofort seine fünf und später dann seine sieben, acht Stunden am Stück durchschlief – besser umzugehen. Aber Pauli wachte ständig auf. Alle paar Stunden. Er kooperierte nicht. Er schrie und setzte seinen Willen durch. Er machte immer nur das, was er wollte. Paul brachte sie an ihre Grenzen. Und hatte sie bei Sascha gedacht: Wo ist denn mein Leben hin?, und hatte sie sich bei Sascha wie in einem konstanten Nebel gefühlt, fiel sie bei Pauli in eine tiefe Dunkelheit.

Es dauerte mehr als ein Jahr, bis sie erkannte, was und wer Pauli wirklich war. Er war einfach hundertprozentig sein kompliziertes, nicht kompromissbereites, ungerührtes Selbst. Er war ihr Kind und doch sein eigener Herr. Von Anfang an. Er war der freiste Mensch, dem sie je begegnet war. Und er brachte auch ihr eine Freiheit, die sie nie zuvor erfahren hatte. Er brachte ihr diese Freiheit auf eine unwiderrufliche Art. Er brachte ihr die Freiheit, sie selbst zu sein.

Wenn sie Paul sah, sah Billie sich selbst. Wie sie geworden wäre ohne den Druck von zu Hause. Ohne das Gefühl, immer funktionieren zu müssen. Dieses Gefühl, das ihr ihre Eltern so erfolgreich eingeimpft hatten. Ihre Eltern und nicht zu vergessen die Schulen. Ein System einzig und allein darauf ausgelegt zu funktionieren. Nicht aus der Reihe zu scheren. Ihre Eltern und Lehrer, die ihr immer das Gefühl gegeben hatten, zu viel zu sein. In jedem ihrer Schulzeugnisse war die Rede davon gewesen, sie sei zu impulsiv, schon in der Unterstufe. Beim Gedanken daran schüttelte Billie den Kopf. Wie gnadenlos musste man sein, so etwas über ein Kind zu schreiben, drückte es doch eigentlich aus: Du fühlst zu viel, Billie-Kind, du fühlst zu viel, du handelst danach, und das ist nicht okay. Ihre Mutter hatte darüber nur gelacht oder wissend genickt. Anstatt sich auch nur ein Mal für sie einzusetzen. Anstatt diesen beschissenen, engstirnigen, brutalen Lehrern zu sagen: Meine Tochter ist gut, so wie sie ist. Hört auf, ihre Essenz zu zerstören.

Ihr ganzes Leben lang hatte Billie gedacht, dass etwas mit ihr nicht stimmte. Dass sie wirklich zu viel fühlte. Dass sie Menschen zu anstrengend war. Dass sie sich mehr zusammenreißen sollte. Ihr ganzes Leben hatte sich Billie für ihre vielen Gefühle geschämt. Und dann kam Pauli und fühlte genauso viel wie sie. Und sie hasste es. Und sie liebte es. Vor allem aber verunsicherte es sie. Sie wollte nicht, dass er genauso anecken würde wie sie. Und sie versuchte wieder und wieder, ihn zu brechen. Versuchte, ihm das Intensive, das Hundertprozentige auszutreiben. Aber Pauli wehrte sich. Er lachte, er weinte, er wütete, er tanzte, genau so, wie er es wollte. Er machte sein Ding, egal wie sehr Billie ausrastete. Egal wie oft sie ihn bestrafte, Pauli fühlte weiter. Vielleicht weil er ein Junge war? Vielleicht weil sie seine Mutter war und eben nicht Christa. So oder so: Pauli machte sie fertig, und Pauli befreite sie. Paul zwang sie dazu, ihn so anzunehmen, wie er war. Und in diesem Prozess begann sie, sich selbst ein bisschen mehr zu akzeptieren. So wie sie war. So wie sie wirklich war.

Dazu gehörte auch, endlich dazu zu stehen, dass sie keinen Sinn darin sah, ihr ganzes verdammtes Leben nur mit einem einzigen Mann Sex zu haben.

Und dieses Bekenntnis schlug ein wie eine Bombe. Und plötzlich war sie wieder Frau. Plötzlich hatte sie wieder Hunger. Viel mehr Hunger als je zuvor. Und sie merkte schnell: Dieses Mal wird sich dieser Hunger nicht mit Tagträumen stillen lassen. Dieses Mal wird es mehr brauchen als nur einen Flirt mit einem der Produzenten im Studio. Dieses Mal muss sie auf dem Typ sitzen, um sich selbst zu spüren. Als der Mauerfall kam, dachte sie, wenn selbst Mauern aus Stein fallen können, dann darf auch ich endlich voll und ganz ich selbst sein. Und sie begann, mit Engelszungen auf André einzureden, malte ihm die Freiheit in bunten Farben aus, und als er ihr endlich den Passierschein ausstellte, rollte sie los, brach über die Welt herein wie eine Sturmflut. Der Erste war ein Produzent, ein junger Typ, den sie schon immer attraktiv gefunden hatte, und sie spürte sich so intensiv wie nie zuvor. Selbst der Sex mit André wurde wieder Feuerwerk, und sie dachte, das ist gut. Das ist genau das, was ich brauchte. Und: Jetzt bin ich aber satt.

Aber natürlich war sie das nicht. Der Hunger, den sie über neun lange Jahre aufgebaut hatte, ach, ihr ganzes bisheriges Leben lang, war viel zu groß. Sie konnte nicht gleich wieder aufhören. Es folgte der Nächste. Und dann noch einer. Und noch einer. Und wenn man sich einmal daran gewöhnte, viel zu essen, aß man immer mehr und mehr. Man trainierte sich das Sättigungsgefühl ab. Woher der Hunger kam? Von überall. Hunger gegen Langeweile. Hunger, sich lebendig zu fühlen. Hunger, sich selbst zu spüren.

Seitdem sie Pauli auf die Welt gebracht hatte, seitdem die Mauer gefallen war, seitdem es keine Sicherheit für nichts mehr gab, hatte sich Billies Bedürfnis nach Leben, nach Lebendigkeit, nach Freiheit und Exzess ins Unermessliche gesteigert. Mit dem Mauerfall hatte sie alles, was sie kannte, verloren. Nun war fast nichts mehr übrig, das verloren werden konnte. Außer André natürlich. Aber ihn zu verlieren, war so unvorstellbar, dass sie es nicht einmal wirklich in Betracht zog. Mit all den Umbrüchen kamen Angst und Lebendigkeit zugleich, zwei, die sich gar nicht unähnlich waren, man spürte das eine und fühlte das andere. Vielleicht musste man alles verlieren, um endlich frei leben zu können. Vielleicht musste man Todesängste ausstehen, um den Willen zu entwickeln, endlich frei zu leben.

Billie hatte Mutter werden müssen, einmal und dann noch einmal, hatte ihre Heimat verlieren müssen und ihre Existenz, bis sie endlich zusammenbrach. Bis ihr Körper, ihr Geist und ihre Seele sie dermaßen im Stich ließen, dass sie keine andere Wahl hatte, als zuzugeben, dass sie nicht immer stark war. Dass in ihr nicht nur Licht, sondern all die Dunkelheit der Welt lag. Wenn man einmal begonnen hatte zu begreifen, wenn man die Dunkelheit einmal zuließ, wenn man zuließ, dass man nicht nur stark, sondern auch schwach, dass man nicht nur perfekt, sondern zutiefst fehlerhaft war, dann dauerte es lange, bis man nicht mehr zwischen den beiden Extremen des Vorher und des Nachher, des Wissens und Nichtwissens, des Verleugnens und Zugebens hin und her geworfen wurde. Dabei bekam niemand etwas davon mit, was Billie durchmachte. Niemand bemerkte, wie sie sich mühsam den Weg zu ihrer eigenen Wahrheit erkämpfte. Nicht André. Nicht ihre Eltern. Und hoffentlich, so dachte sie, auch nicht ihre Kinder. Wobei André es natürlich irgendwann merken musste. Später, als sie ihn vor vollendete Tatsachen stellte. Als sie Freiheit einforderte. Mit Liedern, die sie über den Geruch anderer Männer schrieb, und Nächten, in denen sie spät, fahrig und mit verschmierter Wimperntusche nach Hause kam.

Sie machte sich selbst zur Künstlerin, indem sie unnachgiebig das Leben suchte. Auch das. Sie machte sich selbst zu der wahrsten Version ihrer selbst. Ihr kompliziertes, nicht kompromissbereites, ungerührtes Selbst, so wie ihr kleiner Sohn es ihr gezeigt hatte.

André hasste diese neue Seite an ihr. Natürlich. Billie konnte es ihm nicht verdenken. Plötzlich war sie der Ursprung seines größten Schmerzes. Die Männer waren für sie nur Symptome. Oder eine Nebenwirkung. Für André waren sie das Einzige, womit er nicht leben konnte.

Und weil er damit so wenig leben konnte, aber gleichzeitig Angst hatte, sie zu verlieren, begann er, sie in anderen Dingen zu kontrollieren. Was sie einkaufte, wo sie in der

Küche Dinge hinstellte, wie sie Gurken schnitt und Bettlaken zusammenlegte. Wie sie die Straße überquerte und das Fahrrad im Hof abschloss. Alles wurde von André kontrolliert und kommentiert. Und wehe, sie tat etwas nicht seiner Vorstellung entsprechend. Dann regte er sich auf, bis sie ihm recht gab und versprach, es zukünftig genau so zu machen, wie er es sich wünschte.

André war ein guter, toller Mann. Er war die Liebe ihres Lebens. Aber er war auch ein Mann wie ein Käfig. Und sie, sie war eine Frau wie ein Vogel.

4
CHRISTA

Friedrich schnarchte mal wieder und stank nach Boonekamp. Obwohl das Fenster gekippt war, durchzog der Geruch den ganzen Raum. Besser wäre es gewesen, das Fenster sperrangelweit offen zu lassen, aber dann beschwerte sich Friedrich, dass sein fast kahler Kopf Zug bekam. Dabei war es Sommer. Sie brauchte frische Luft. Christa atmete geräuschvoll ein und aus. Sie hätte Friedrich am liebsten die Decke über den Kopf gezogen. Sie hätte ihn am liebsten aufgeweckt oder, noch besser, einfach aus dem Bett geschmissen. Sie könnte ihre Hände und Füße gegen seinen Rücken pressen und ihn dann mit voller Wucht wegschieben, er würde einfach aus dem Bett rollen. Sie stellte sich vor, wie er hart auf dem Boden landete und völlig verdattert aufwachte. »Was los?«, würde er verwirrt und immer noch angetrunken lallen. Und sie würde tun, als ob sie schliefe und sich gar nicht bewegen. Langfristig brauchte er sein eigenes Schlafzimmer. Sie schlief ja manchmal schon auf dem Schlafsofa in Sibylles ehemaligem Zimmer, aber bequem war das nicht. Langfristig wollte sie zwei gleichwertig schön eingerichtete Schlafzimmer. Langfristig würde sie gerne aus diesem Schuhkarton hier ausziehen. Es war ja nicht so, dass sie kein Geld für eine größere Wohnung hatten, vielleicht reichte es sogar für ein Haus, das sie neu bauen könnten, es gab nur einfach gerade keine Wohnungen und auch kein Bauland. Aber das war nur eine Frage der Zeit, vermutete Christa. Das Chaos würde sich Stück für Stück legen, Besitzverhältnisse würden sich klären, die neue Welt würde sich sortieren. Wenn die Wessis alles aufgekauft hatten, was ihnen gut und billig erschien, durften vielleicht auch sie ein Stück von ihrem Land abhaben. Und sie würden eine neue Bleibe finden, in der sie endlich in getrennten Schlafzimmern schlafen könnten. Sollte Friedrich seine Ausdünstungen doch für sich behalten. Immer öfter ärgerte es sie, wie viel Rücksicht sie auf ihn nehmen musste, dabei war ihr das früher doch so leichtgefallen. Christa drehte sich auf die Seite und schaute auf die beleuchtete Wanduhr, die sie in dem neuen großen Möbelladen am Schutower Ring erstanden hatte. Es war kurz vor zwölf, und sie hatte Kopfschmerzen. Die hatte sie in letzter Zeit öfter. Keine normalen Kopfschmerzen, nein, es fühlte sich an, als würde jemand mit großen spitzen Stricknadeln in ihre Kopfhaut stechen, während ihr Kopf in einem Schraubstock feststeckte, der von unsichtbarer Hand immer fester zugedreht wurde. Das waren neuartige Schmerzen, etwas nie zuvor Dagewesenes. Und sie kannte Schmerzen. Als Jugendliche hatte sie Nierensteine gehabt, und immerhin hatte sie auch ein Kind entbunden. Wobei sie ihre Entbindungsgeschichte immer unaufgeregt und leichtfüßig erzählte. Wenn Sibylle danach fragte, was sie öfter tat, erzählte Christa, wie sie allein mit der Straßenbahn zur Entbindung gefahren war. »Kein Problem«, sagte sie dann lapidar, »Männer spielten doch bei der Geburt sowieso keine Rolle damals. Ein Mann, der von der ersten Wehe bis zum ersten Schrei die Hand seiner Frau hielt – undenkbar.« Die Geburt von Sibylle hatte sie also mehr oder weniger allein erlebt. Sie erzählte immer gerne, dass sie noch mit Wehen Zeitung gelesen hatte, bis die Schwester ihr sagte, dass es nun doch langsam losgehe, bis die Schwester sie aufforderte, die Zeitung aus den Händen zu legen. Das war so eine ganz Dicke gewesen, die Schwester. Daran erinnerte sie sich. An Dicke erinnerte sie sich immer. Wenn sie manchmal mit Friedrich in dem neuen Café am alten Strom in Warnemünde saß, beobachteten sie die Menschen, die vorbeiliefen, und stellten gemeinsam fest, dass die alle immer fetter wurden. Vielleicht weil so viele von ihnen tagein, tagaus nur noch arbeitslos zu Hause in ihren kleinen Wohnungen hockten, das neue Fast Food vor der Glotze fressend. Hunderttausende aus dem Land mit »Vollbeschäftigung« hatten bereits ihren Job verloren. Das war er wohl, der Kapitalismus. Ihre Heimat hatte sich innerhalb weniger Monate in ein Trümmerfeld verwandelt. Überall schlossen die Kombinate, die Betriebe. Die Währungsunion tat ihr Übriges. Auf einmal mussten Löhne und Rechnungen im Kurs eins zu eins bezahlt werden. Die Planwirtschaft ging unter, alle wollten nur noch Westprodukte. Und für den Ostblock waren sie jetzt zu teuer. Es war ein Elend, wie alles in kürzester Zeit zersplitterte. Jeder kannte jemanden, meistens mehrere, die das betraf. Auch zwei ihrer Schwestern hatten gleich nach der Wende ihre Anstellung verloren. Die dicke Krankenschwester von Sibylles Geburt hingegen war sicher längst in Rente. Für diejenigen, die alt genug waren, war das ganze Spektakel hier vielleicht am angenehmsten. Sie mussten nicht mehr kämpfen, sich beweisen oder in einem neuen System ankommen. Sie konnten einfach die Extras genießen, die es jetzt gab. Noch ein bisschen Mallorca. Ein bisschen Konsum. Wein und Westzigaretten. Das war sicherlich nicht das Schlechteste, wenn man auf die siebzig zusteuerte. Sie und Friedrich hingegen waren natürlich in einem schwierigen Alter. Zu jung für die Rente, zu alt für einen kompletten Neuanfang. Eigentlich. Aber zum Glück war ihr Job sicher. Und Friedrich, das kündigte sich schon an, würde auch auf die Füße fallen. Der war immer noch voller Pläne. Sie hatten das Sibylle gegenüber nur angedeutet, aber Friedrich war dabei, eine Firma zu gründen. Er würde noch mal etwas richtig Neues anfangen. Mit fünfundfünfzig Jahren. Eigentlich bewundernswert, dachte Christa. Aber weil Friedrich sowieso schon immer so viel Bewunderung und Anerkennung einforderte, untersagte sie sich dieses Gefühl. Sie fasste sich plötzlich an die Schläfen. Diese Schmerzen! Nein, so etwas hatte sie noch nicht erlebt. Auch nicht bei der Geburt von Sibylle. In ihrer Erzählung von Sibylles Geburt hatten Schmerzen keinen Platz. Sibylle war da natürlich ganz anders. Als ihre Tochter beim ersten Kind die ersten Wehen bekam, begann sie direkt, panisch zu heulen. Immer so dramatisch! »Mutti, ich hab solche Angst. Ich schaff das nicht«, hatte sie völlig verzweifelt geschluchzt. Und Christa hatte das ja durchaus leidgetan, dass ihre Tochter so eine Angst hatte, aber sie wusste auch, Mitleid half ihr jetzt nicht. Also streckte sie den Rücken durch, machte sich gerade und groß, drückte Sibylles Hand in ihrer und sagte ihr klar und deutlich: »Es hilft ja nichts, das Kind will raus. Da musst du jetzt durch. Und jetzt hör auf zu weinen, du wirst die Kraft für anderes brauchen.«

Sie hatte immer geglaubt, wenn man sich den Schmerzen nicht hingäbe, wenn man kein Drama daraus machte, dann könnten sie einem nichts anhaben. Aber dieser Kopfschmerz, der sie seit einigen Wochen plagte, ließ sich nicht durch diese Einstellung vertreiben. Er schien diese Regel, die sich Christa selbst auferlegt hatte, nicht anzuerkennen. Er kam, wann er wollte, überraschte sie mit seiner Stärke, traktierte sie mit Gnadenlosigkeit, zog ihr den Boden unter den Füßen weg mit der unerträglichen Übelkeit, die er auch noch mit sich brachte wie einen weiteren unerwünschten Gast. Es gab ein paar Wege, den Schmerz ein wenig zu reduzieren, aber wenn er einmal da war, half eigentlich nur Zeit. Mit

Kaffee ließen sich diese Anfälle ein bisschen besser ertragen, aber Christa konnte sich ja schlecht mitten in der Nacht einen Kaffee machen, dann würde sie ja gar nicht mehr schlafen. Sie starrte in die Dunkelheit. Drehte sich auf die Seite. Die Nadeln stachen weiter mit entschiedener Grausamkeit auf ihre Kopfhaut ein. Wenn man den Schmerzen nicht nachgab, mussten sie doch verschwinden! Sie verstand nicht, wie etwas, was ihr Leben lang funktioniert hatte, ihr auf einmal nicht mehr diente. Was für eine Unverschämtheit der eigene Körper doch war. Nicht nur wurde er immer schwabbeliger und faltiger, nun ließ sie auch noch seine Widerstandsfähigkeit im Stich. Sie blickte auf ihren Nachtschrank. Suchte nach irgendeiner Ablenkung. Sie hatte ein Bild von Billie und den Kindern dort aufgestellt, da war der Kleine gerade erst geboren, sowie ein Foto, das Billie alleine zeigte, in einem bunten Sommerkleid an Christas fünfzigstem Geburtstag. Wie hübsch ihre Tochter in diesem Kleid aussah. Jetzt trug sie ja nur noch Jeans und diese verwaschenen T-Shirts, riesig bedruckt, die oft so kurz waren, dass man ihren Bauchnabel sehen konnte. Christa schüttelte unmerklich den Kopf. Ach, Sibylle, dachte sie, ach, mein Mädchen, wann habe ich dich verloren?

Als Christa morgens aufwachte, hörte sie schon die kleinen Kinderfüße auf dem Flur entlangtippeln. Neben ihr im Bett herrschte Leere. Sie griff sich an die Stirn. Der Kopfschmerz war ein klein wenig besser geworden, oder vielleicht war sie auch nur noch nicht richtig wach, um ihn in seiner ganzen Fülle zu spüren. Ihr fiel ein, was sie soeben noch geträumt hatte: Sie war verreist und hatte den Koffer vergessen. Das war ein immer wiederkehrender Traum. Sie kam irgendwo an, wollte den Koffer öffnen und die Kleidungsstücke in den Schrank einsortieren, aber da war nichts. Der Koffer war verschwunden. Und dann fiel ihr ein, dass sie ihn nie gepackt hatte. Sie war einfach ohne Reisegepäck losgefahren. Es war ein Albtraum, der sie wieder und wieder plagte. Kein Albtraum der Sorte Tod oder Krankheit, aber doch schlimm genug, dass sie davon völlig erschöpft aufwachte. Sie hörte ein leises Klopfen an der Tür und sprang aus dem Bett. Sascha stand vor ihr, seine langen Haare – viel zu lang, wenn man Friedrich fragte – noch völlig vom Schlaf verwuschelt. »Omi, dürfen wir Fernsehen gucken?«

»Was sagt Mama?«

»Weiß nicht, die liegt noch im Bett.«

»Na los, wo ist Pauli?«

»Ich hol ihn.«

Als sie ins Wohnzimmer kam, saßen die Kinder schon erwartungsvoll auf dem Sofa. Christa musste lächeln, Sibylle und André hatten keinen Fernseher, das war für die beiden Jungs also geradezu ein Ereignis. Sie rutschten aufgeregt hin und her, und als Christa das Gerät anschaltete, riefen sie durcheinander, was sie gucken wollten. Der Fernseher war noch vom vorigen Abend auf Tele 5 eingestellt, ein Sender, den sie und Friedrich noch nie zuvor laufen hatten, aber auf dem morgens und abends Trickfilme gezeigt wurden. Die Schlümpfe tauchten auf dem Bildschirm auf, und sie überließ die beiden der blauen Großfamilie.

In der Küche griff sie nach einem Apfel und schnitt ihn klein. Dann fiel ihr ein, dass Pauli keine Äpfel mochte, und sie holte noch ein paar Erdbeeren aus dem Kühlschrank. Sascha war ja relativ unkompliziert mit dem Essen, aber Paul … Puh, der aß praktisch nichts, was man ihm vorsetzte. Da war Sibylle nun wirklich anders gewesen, sie hatte immer gegessen, was auf den Teller kam. Und die wenigen Sachen, die sie nicht mochte, wie Leber zum Beispiel, schmeckten Christa auch nicht. Sie füllte das Obst in kleine Schalen. Sibylle legte Wert darauf, dass die Kinder jeden Morgen zuerst etwas Obst aßen. Überhaupt erzog sie die beiden mit vielen Regeln. Kaum Zucker, viel Gemüse, kein Fernsehen, Gefühle mussten immer zugelassen, mit den Kindern auf Augenhöhe gesprochen werden, und ein Klaps auf den Po war bei ihr undenkbar. Meist begründete sie diese Grundsätze mit irgendwelchen Dingen, die sie »gelesen« habe. Das war wohl die Erziehung heutzutage. Christa hatte damals einfach das gemacht, was sie für richtig hielt. Da gab es keine Artikel und auch niemanden, mit dem sie sich darüber austauschte, was sie Sibylle erlaubte und was nicht. Die Regeln, die sie hatten, bezogen sich eher auf Sibylles Benehmen als auf Ernährung oder wie sie sich als Eltern ihrem Kind gegenüber verhielten. Sibylle musste Bitte und Danke sagen, ruhig sein, wenn Erwachsene sich unterhielten, ordentlich am Tisch sitzen und essen, was auf den Tisch kam. Aber man muss natürlich fairerweise zugeben, dass sie, was das Essen anging, auch gar nicht so viele Optionen gehabt hatten. Wenn sie heute durch die Kaufhalle ging, fragte sie sich manchmal, wie man sich dort überhaupt noch für irgendetwas entscheiden konnte. Plötzlich gab es so viele Sorten der gleichen Dinge. Natürlich, ihr selbst fiel das nicht schwer, sie war kein Mensch, der zauderte. Der Zweifel lebte auf einem anderen Planeten als sie. Sie wusste, was sie wollte, und nahm es sich. Darin waren Friedrich und sie sich sehr ähnlich. Sie hielten sich selten mit langen Diskussionen über irgendwelche Entscheidungen auf. Sie nahmen in Kauf, dass sie manchmal das Falsche und manchmal zu viel nahmen. Wenn Friedrich sie ab und zu in die Kaufhalle begleitete, weil er sich partout nicht abschütteln ließ, beobachtete sie, wie ihr Mann den Wagen auffüllte, als wäre er kurz vor dem Verhungern oder Verdursten. Alles wollte er ausprobieren, alles haben. »Schau mal, den Likör können wir doch auch mal probieren« und »Guck mal, das Landbrot sieht aber toll aus, und da diese Salami, lass uns doch davon mal eine mitnehmen«.

Das mochte sie an Friedrich. Er konnte so großzügig sein. Er konnte das Leben in vollen Zügen genießen. Natürlich hatte er seine guten Seiten. Sogar viele davon. Er war großzügig, auch mit seiner Liebe. Er war ein Romantiker, ein Mann der Liebeserklärungen. An guten Tagen. An schlechten war er ein Mann, der oft mit dem Arsch einriss, was er mit den

Händen aufgebaut hatte. Die Wahrheit war, dass Friedrich bei aller Integrität, bei aller Loyalität und Aufrichtigkeit ein Mensch war, der andere runtermachen musste, um sich selbst besser zu fühlen. Sie kauften beide viel, aber wenn *sie* Dinge kaufte, die *er* für nutzlos hielt, Schuhe, Taschen, Klamotten, kassierte sie unangenehme Kommentare von ihm. Er behauptete dann, sie würde das Geld verschwenden, das er verdiente, was im Grunde genommen eine Frechheit war, denn sie verdiente doch ebenfalls Geld. Und doch wusste sie, dass er nicht ganz unrecht hatte, denn nur mit ihrem Gehalt hätten sie sich nicht das Leben leisten können, das sie lebten. So hatte sie sich angewöhnt, neu Gekauftes eine ganze Weile unters Bett zu schieben und erst langsam Stück für Stück herauszuholen. Das fiel ihm sowieso nicht auf. Er hatte gar keinen Überblick über die Dinge, die sie besaß. Und im Grunde genommen interessierte es ihn auch nicht. Wenn er sich über ihren Konsum aufregte, dann nur, weil er es gewohnt war, seinen Frust an anderen auszulassen. Das war schon immer so gewesen: Fühlte Friedrich sich nicht wohl, gestresst, unter Druck, klein und schwach, mussten andere, vor allem Christa und oft auch Sibylle, dafür herhalten. Dann begann er Streitigkeiten aus dem Nichts, rastete bei Kleinigkeiten aus, und Dinge, die sie unbedacht sagte und denen er an einem anderen Tag mit einem Lächeln oder Verständnis begegnet wäre, lösten eine unberechenbare Wut in ihm aus. Fast schien es Christa so, als wollte Friedrich aufgrund seiner eigenen Unsicherheit verhindern, dass sie oder Sibylle sich sicher fühlten. Man konnte sich mit Friedrich nie sicher sein, wie er auf etwas reagieren würde. Ob mit Großmut oder Gnadenlosigkeit. Einmal, da war Sibylle vielleicht neun oder zehn gewesen, hatte sie über etwas gelacht, was Friedrich gesagt hatte. Christa überlegte, worum es damals gegangen war, aber es fiel ihr nicht mehr ein, und im Grunde genommen war es völlig egal. Sie waren damals im Garten, auf ihrer Datsche, gewesen und hatten sich nach dem Abendbrot über irgendwas unterhalten. Friedrich hatte sicher schon ein paar Schnaps intus gehabt, und ihre Tochter hatte sich ein bisschen über ihn lustig gemacht. Und statt mitzulachen, was ihm an einem anderen Tag, zu einer anderen Zeit ohne Schwierigkeiten hätte gelingen können (ob mit oder ohne Schnaps, aber mit Schnaps war die Wahrscheinlichkeit doch schon etwas niedriger – musste man ja auch mal ehrlich sagen), rastete er aus. Und zwar so sehr, dass er sie am Ende beide anschrie, sie sollten bloß abhauen. Und das tat Christa dann auch. Sie schnappte sich ihr Kind, stieg ins Auto und fuhr die Stunde, die es zurück nach Rostock brauchte, durch die Nacht. Am nächsten Tag war er dann klein mit Hut. Das war typisch Friedrich. Nicht dass er sich groß entschuldigen würde, das nicht, aber sie merkte ihm an, wenn er ein schlechtes Gewissen hatte, weil er wusste, dass er zu weit gegangen war. Und sie spürte dann auch, wie er sich vornahm, es künftig besser zu machen. Und das war ja immerhin auch etwas wert. Es gelang ihm nur leider nie; die Unberechenbarkeit war Teil von Friedrichs Persönlichkeit. Auf die plötzlichen Explosionen, auf die unerwarteten Ausbrüche musste man bei ihm immer vorbereitet sein. Christa hatte natürlich ihren Weg gefunden, damit umzugehen. Vielleicht war das auch schon immer ihre Art gewesen, mit Problemen umzugehen, und deswegen funktionierte das mit ihnen beiden überhaupt nur. Sie ließ sich nicht so schnell erschüttern, sie war ein Mensch, der sich ganz und gar mit einer Schicht aus Teflon bedecken konnte. Das hatte Christa schon zu Hause gelernt, wo ihr Vater manchmal, wenn er betrunken aus der Kneipe kam, in ihr Zimmer stürmte und alles aus den Regalen riss, weil ihm die Unordnung nicht gefiel. Schon damals hatte sie gelernt, sich in ihren Kokon aus Teflon zu wickeln. Da schlüpfte sie dann rein, und alles perlte an ihr ab. Und so perlten auch Friedrichs Launen an ihr ab. Die guten wie die schlechten. Denn beiden konnte man nicht trauen. Das einzig Positive an Friedrichs Wut war, dass sie Christa und Sibylle zusammenschweißte. Zumindest war das so gewesen, als Sibylle noch klein war. Da war sie ein absolutes Mamakind gewesen. Sie hatte immer irgendwie an ihr geklammert. Während sie sich in Friedrichs Gegenwart ein wenig benahm, als wäre er ein entfernter Verwandter, der bei ihnen nur zu Besuch war.

Apropos Friedrich. Wo steckte der überhaupt? Sie fand ihn im Bad, wo er sich seelenruhig den Bart stutzte.

»Du, die Kinder sind wach. Sibylle liegt wohl noch im Bett.«

»Ja schön, und?«

»Ja, du kümmerst dich jetzt mal. Ich muss ja wohl Frühstück machen. Ich habe für die beiden Obst geschnitten, das steht in der Küche. Bring ihnen das mal ins Wohnzimmer, können sie vor dem Fernseher essen. Aber leg ihnen eine Decke drunter. Oder, noch besser, ein Küchentuch.«

Friedrich schaute sie aus großen Augen an, so als hörte er zum ersten Mal in seinem Leben von all diesen Dingen. »Und wo finde ich ein Küchentuch?«, fragte er schließlich.

»Ich würd's mal in der Küche versuchen!« Sie schloss die Badtür ein wenig fester und lauter als beabsichtigt und ging den Flur zu Sibylles ehemaligem Zimmer lang. Dort klopfte sie zweimal, bevor sie die Tür öffnete. Sibylle saß im Bett über einem großen Notizblock. »Na, mein Mädchen, guten Morgen.«

»Morgen, Mutti. Danke, dass du die Kinder genommen hast. Ich bin mit so vielen guten Ideen für Liedtexte aufgewacht, aber wenn die beiden hier herumrennen, kann man ja keine Zeile zu Ende denken.«

»Ja, die gucken jetzt die Schlümpfe.«

Sie sah, dass Sibylle erst Einspruch erheben wollte, dann aber nur die Augen rollte und mit den Schultern zuckte.

»So ein bisschen Fernsehen schadet doch nicht«, schob sie trotzdem hinterher. Es waren am Ende Sibylles Kinder, das versuchte sie schon zu respektieren. Auch wenn es ihr schwerfiel. Denn da zog man viele Jahre ein Kind auf, brachte ihm bei, was richtig und falsch war, und irgendwann musste man damit aufhören, ihm zu sagen, was es zu tun hatte. Spätestens dann, wenn das Kind selbst Kinder hatte, denen es nun wiederum beibringen musste, was richtig und falsch war.

»Ja, stimmt schon«, sagte Sibylle in einem versöhnlichen Ton, »sie haben nur halt auch gestern Abend schon geguckt. Man muss das ja nicht übertreiben.«

»Machen wir ja nicht. Dafür gibt's heute Abend dann nur noch das Sandmännchen.«

Sibylle lachte. »Na, das ist natürlich kein Fernsehen. Ach, Mama …«

Christa lachte auch: »Das hast du auch immer geguckt, und es hat dir ja wohl nicht geschadet.«

»Hmmm.« Ihre Tochter war schon wieder ganz in Gedanken versunken und starrte auf ihren Block.

»Ich mach jetzt Frühstück.«

»Okay, ich würde nur gerne noch ein bisschen in Ruhe arbeiten hier.«

»Kannst du doch.« Sie war schon dabei, die Tür zu schließen, als ihr einfiel, dass sie Sibylle ja noch nach dem Ausflug fragen wollte.

»Du, ich wollte die Tage mal zu den Burmeisters, ein paar Gläser Honig holen. Kannst du doch dann auch nach Berlin mitnehmen, im Herbst geht das ja wieder los mit deinen Halsschmerzen …«

»Hmmm …«

»Sollen wir da zusammen mit dem Fahrrad hin? Die Jungs können ja währenddessen mit Friedrich in den Park oder so …«

»Ja, können wir machen, Mutti. Heute fahren wir aber mal an den Strand, oder? Sieht aus, als würde es ein heißer Tag werden …«

»Dann sagen wir Mittwoch? Ich will nur nicht so spät los. Später Vormittag.«

»Ja, Mutti, wir fahren einfach los, wenn wir fertig sind.«

»Elf Uhr?«

»Wir sind doch im Urlaub …«

»Also elf Uhr ist gut, denke ich.«

»Gut. Und heute nach dem Frühstück an den Strand?«

»Ja, gut. Vielleicht sollte ich auch ein paar Stullen für den Strand schmieren? Was meinst du?«

Sibylle antwortete nicht, sondern tippte gedankenverloren mit dem Kugelschreiber auf dem Block herum.

»So, ich werd dann mal, das macht sich ja alles nicht von alleine.«

»Gut, Mutti. Rufst mich, wenn Frühstück fertig ist, ja?«

Dass Sibylle nicht einmal anbot zu helfen, wurmte sie, aber ihre Vorfreude auf die gemeinsame Radtour überwog.

Beim Frühstück schrien sich Sibylle und Friedrich dann an wie die armen Irren. Christa hätte gar nicht mehr genau sagen können, womit der Streit begonnen hatte. Es war wohl um die Aussiedler gegangen, Friedrich hatte sich aufgeregt, dass die meisten von ihnen ja noch nicht einmal Deutsch konnten, und gefragt, was die überhaupt bei ihnen wollten. Da hatte sie schon geahnt, dass Sibylle das nicht auf sich sitzen lassen würde, viele der Russen waren immerhin auch Juden. Und bei dem Thema verstand Sibylle gar keinen Spaß. Nein, halt, korrigierte sie sich selbst in Gedanken, während sie einen großen Schluck aus ihrer Kaffeetasse nahm, eigentlich hatte es mit der Diskussion um den Umzug angefangen. Sie hatten Sibylle von ihren Plänen, noch ein Haus bauen zu wollen, erzählt. Und Friedrich, er trank Tee mit Honig, sagte, dass man es bald ja auch nicht mehr aushalten würde hier in der Platte, wo immer mehr Asylanten einzögen. Sibylle, sie trank Milch, war sofort hellhörig geworden und hatte in ihrer gewohnt unversöhnlichen Art das Gespräch immer weiter auf die Explosion zugesteuert. Friedrich war natürlich in jede ihrer Fallen getappt. Hatte horrende Dinge gesagt über dieses andere Land, unter dessen Fuchtel ihr altes Land Stück für Stück zusammenbrach. Über die Gesellschaft, die sich so rasant änderte, dass sie, die Ossis, die Leidtragenden waren. Über die vielen Ausländer, die sie, laut Friedrich, ausnahmen und von dem profitierten, was sie erarbeitet hatten. Friedrich sah sich selbst immer als das erste Opfer. Was verwirrend war, sah er sich doch gleichzeitig als einen, der alles konnte und wusste. Ein Siegertyp eigentlich. Aber so war das mit Friedrich, man konnte ihn nicht begreifen. Sie kannte ihn jetzt seit sechsunddreißig Jahren, und auch wenn sie nicht behaupten würde, dass ihr einziges Ziel im Leben gewesen war, ihren Mann zu verstehen, so fiel ihr doch ab und zu auf, dass wenig an seinem Charakter Sinn ergab. Eigentlich hätte man an ihm verzweifeln können. Er war ein integrer Mann, der durchaus mit der Motivation lebte, das Richtige zu tun. Er war ein Verräter, der mit Leidenschaft das Falsche sagte. Er war ein Ideologe ohne Ideologie. Ein Sozialist, der an den Kapitalismus glaubte. Und Ungerechtigkeiten ärgerten ihn genauso wie arme Menschen, die es sich auf seine Kosten »bequem machen« wollten. Selbst wenn sie eine Frau gewesen wäre, die sich das Wesen ihres Mannes unbedingt erschließen musste, hätte sie bei Friedrich irgendwann entnervt aufgegeben.

Seine Irrationalität hatte das Ausmaß des Weltalls, und all das versteckte er hinter einer Art, die Menschen, die ihn nur oberflächig kannten, als durchaus analytisch und rational bezeichnet hätten. Und das war er auch, und dann war er all das andere. Der harte Geschäftsmann genauso wie der Träumer. Er liebte die Musik und die Kunst, er hasste die Spinner, die Musik und Kunst erschufen.

Es war kein Wunder, dass Sibylle regelmäßig an ihrem Vater verzweifelte. Anders als sie verfügte ihre Tochter nicht über die Fähigkeit, sich eine Schutzschicht über die Seele zu ziehen. Sibylle war roh, immer schon gewesen. Die Dinge fuhren ihr direkt unter die Haut. Sie betrafen sie, beeinflussten sie, veranlassten sie zu handeln. Christa erinnerte sich, wie ihre Tochter als kleines Mädchen jeden Tag ein anderes hilfsbedürftiges Tier angeschleppt hatte: einen kleinen verletzten Vogel, ein schwaches Kätzchen, und hier der Käfer, er kann nicht mehr fliegen. Zusammen bastelten sie Kartonbetten, ausgelegt mit Wattebäuschen, bemühten sich um Futtermöglichkeiten, schoben Brotkrümel in kleine Mäuler und Schnäbel. Trauerten, wenn ihnen die Lebensrettung misslang. Vergruben kleine Kisten im Park. Wobei Sibylle natürlich jedes Mal bitterlich weinte und Christa ihr dann erklärte, dass die Natur nun einmal so sei. Sibylles Herz, das stand offen, und ihre Gefühle, die liefen aus ihr heraus. Da gab es keine Rüstung, keine Mauern, keine Schutzschicht. Sibylle fühlte die ganze Welt.

Wie oft hatte sie als Mutter hilflos danebengestanden. Und wie oft hatte sie schlaflose Nächte gehabt, weil Sibylle mal wieder wegen irgendeiner Kleinigkeit die höchste Stufe der Verzweiflung erklommen hatte, und während Christa am nächsten Morgen völlig gerädert aufwachte, sah Sibylle aus wie der frische Morgen, weil ihre Verzweiflung schon längst wieder verflogen war. Und damit meinte sie nicht, dass Sibylle oberflächlich war. Vielleicht war es eher so: Sibylle fühlte so viel, produzierte derart viele Emotionen, dass die aktuellen Gefühle geradezu gezwungenermaßen von den neuen Gefühlen verdrängt wurden. Deshalb machten ihr die Kämpfe mit ihrem Vater auch vergleichsweise wenig aus. Im Moment der Auseinandersetzung, ja, da schrie und tobte und heulte sie oft auch. Wenn man sie dann so sah, konnte man sich kaum vorstellen, dass sich Sibylle jemals wieder beruhigen würde. Aber schon eine halbe

Stunde später konnte man sie dabei beobachten, wie sie tanzend und irgendetwas singend den Flur entlanghüpfte. Es hatte Jahre gedauert, bis Christa sich daran gewöhnt hatte. Friedrich war da anders, zwar beschleunigte auch er von null auf hundert in wenigen Sekunden, zwar kannten auch seine Fähigkeiten zur Gefühlsintensität kaum Grenzen, aber gerade wenn es um Streitigkeiten ging, war er doch ein nachtragender, nichts vergessender Elefant. Und sie, Christa, stand dazwischen und wollte einfach nur ihre Ruhe haben. So wie jetzt, da die beiden sich am Frühstückstisch mal wieder gegenseitig hochputschten. Sie spürte immer noch ein leichtes Nachhallen des nächtlichen Kopfschmerzes, nur langsam machte der Kaffee sie wieder zu einem Menschen. Und hier saß sie nun mit diesen beiden Streithähnen, anstatt einfach in Ruhe in ihre Tasse zu starren. Irgendwann hatte sie den Überblick verloren, die beiden stritten plötzlich über die Rolle der Frau in der DDR-Gesellschaft, und als Christa auch was dazu sagen wollte, war es ihr dann doch zu anstrengend, und sie seufzte nur noch: »Könnt ihr mal weniger rumbrüllen? Mensch, ich wollte einfach nur in Ruhe frühstücken.«

Dabei hätte sie dazu nun wirklich etwas sagen können.

5

BILLIE

Gegen zehn Uhr abends klingelte es plötzlich an der Tür. Ihre Mutter war schon im Bad, um sich bettfertig zu machen, ihr Vater schnarchte vor dem Riesenfernseher, der das Wohnzimmer besetzt hatte, und Billie wollte nur noch schlafen. Sie hatten einen langen, anstrengenden Tag gehabt, waren am Strand gewesen, was anfangs schön und dann furchtbar war, als ihre Eltern sich vermehrt in ihren Umgang mit den Jungs einmischten, als die Jungs immer wilder wurden und auf niemanden mehr hörten im Gewirr aus zu vielen Stimmen, als sich ihre Eltern schließlich eingeschnappt zurückzogen. Irgendwo zwischen Der-eine-Bruder-zerstört-dem-anderen-seine-Kleckerburg und In-den-Sand-gefallene-Wienerwurst war die Situation eskaliert, und Billie hatte endgültig die Geduld verloren. Hatte vernichtende Dinge in vernichtendem Ton gesagt. Zu Paul: »Hör auf, uns alle zu terrorisieren. Du machst unser Leben zur Hölle.« Zu Sascha: »Dass dir das nicht peinlich ist, wie du dich benimmst. Als wärst du dumm.« Zu beiden: »Ich habe auch ein besseres Leben verdient.«

Später hatte sie sich dafür bei ihnen entschuldigt. Schon im Auto waren ihr die Tränen gekommen, und sie hatte zu Sascha, der immer schon ihr Vertrauter gewesen war, gesagt: »Es seid nicht ihr, ich bin das Problem. Ich bin so schlecht darin, Mutter zu sein. Es ist alles meine Schuld. Bitte verzeih mir.« Und ihr kleiner großer Sohn hatte sie verunsichert angeschaut und dann den ganzen Rückweg lang ihre Hand gehalten. Beim Zubettbringen hatte sie Pauli ganz fest umarmt, hatte ihm ins Ohr geflüstert: »Du bist genau richtig, so wie du bist. Lass dir von niemandem etwas anderes einreden, auch nicht von mir. Ich liebe dich, weil du so bist, wie du bist.«

Gott, war das alles schlimm gewesen. Sie wollte nur noch schlafen. Schlafen und morgen aufstehen und alles besser machen.

Das Klingeln an der Tür wurde von einem leisen Klopfen begleitet. Sie schaute durch den Spion und blickte auf Andrés dünnes Haar. Sie zuckte zusammen und musste sich regelrecht daran erinnern, dass das da draußen vor der Tür ihr Mann war und dass sie ihm aufmachen sollte. André drängte sich gleich in den schmalen Korridor und begann sofort damit, auf sie einzureden: »Ich weiß, dass du eine Affäre hattest, Billie, wer zum Teufel ist Gábor?«

Sie sah ihn erschrocken an. Woher wusste er von Gábor? In ihrem Kopf ratterte es wie verrückt. Was wusste er? Wie viel konnte sie leugnen? Billie begriff sofort, dass er, wenn er seinen Namen kannte, zu viel wusste, als dass sie es komplett leugnen könnte. Also musste sie Zeit gewinnen.

»André, die Kinder schlafen«, sagte sie mit gepresster Stimme, weil sie wusste, dass nur dieses Argument ihn zum Schweigen bringen würde. »Außerdem sind meine Eltern noch wach.«

Sie öffnete die Wohnungstür und schob ihn wieder raus. »Ich komme gleich«, sagte sie leise. Sie schlüpfte in ihre Turnschuhe und ging in Richtung Badezimmer. Sie klopfte vorsichtig an die Tür, damit Mutti sich nicht erschreckte. »Mutti, ich geh noch ’ne kleine Runde um den Block, ja? Du hast ein Ohr auf die Kinder?«

Ihre Mutter öffnete die Tür und sah sie mit eingecremtem fast weißem Gesicht an – sie hatte also doch schon Cremes gekauft –, im Hintergrund lief leise Radio, *Tell me baby, where did I go wrong?*

»Was? Du, Sibylle, ich geh jetzt auch schlafen. Warum willst du denn jetzt noch mal raus?«

»Ich kann besser schlafen, wenn ich noch mal an die frische Luft gehe«, sagte Billie und versuchte, einen Ton anzuschlagen, der keinen Widerspruch duldete – eigentlich versuchte sie, Muttis Ton zu kopieren. Mutti beherrschte die Kunst, Sachen auf eine Art und Weise zu sagen, dass alle um sie herum verstummten. Vielleicht konnte sie das, weil sie Lehrerin war. Oder vielleicht war sie Lehrerin geworden, weil sie das konnte. Ohne Christas Reaktion abzuwarten, schloss Billie die Badezimmertür und griff dann nach dem blauen Pulli, der noch über dem Küchenstuhl hing. Sie ging in Richtung Tür, blieb dann aber noch einen Moment lang im halbdunklen Korridor stehen. Sie hätte gerne geschrien. Scheiße! Ganz große Scheiße! Ganz laut. Draußen wartete André mit Wahrheiten und Vorwürfen, und sie hier drinnen suchte händeringend nach Lügen und Ausreden, um das Schlimmste abzuwenden. Sie war unendlich müde. Sie war aber auch enttäuscht von sich selbst. Als wäre dieser Tag nicht anstrengend genug gewesen. Als hätte sie für heute nicht schon genug versagt. Das schlechte Gewissen begleitete sie, seitdem sie Mutter war. Dass es nun auch in ihre Beziehung eingedrungen war, war neu. Billie atmete noch einmal tief durch, dann huschte sie schnell aus der Wohnung. André saß im Treppenhaus und hatte kleine rote Augen.

»Komm«, sagte sie zu ihm und lief voraus, während der Linoleumboden unter ihren Turnschuhen quietschte.

Billie wäre am liebsten ewig so weitergelaufen, André ein paar Schritte hinter ihr, um das Gespräch nicht führen zu müssen, das vor ihr lag. Aber natürlich war das keine Option. André war nicht drei Stunden gefahren, um nun mit ein paar Meter Abstand einen Abendspaziergang zu machen.

Als sie im Hof angekommen waren, fing er an, sie zu

attackieren. »Mit wie vielen Männern hattest du Sex, Billie? Ich muss es jetzt wissen!«

Sie lief stur weiter, bis sie im zweiten Hof, dem letzten vor der Straße, ankamen und sie nicht genau wusste, wohin sie jetzt gehen sollte. Er holte sie ein und hielt sie am Arm fest. »Billie, ich werde verrückt. Wie viele Männer? Wann und wo? Ich muss es einfach wissen.«

»Was soll das denn jetzt, André? Ich dachte, wir hatten eine Abmachung! Ich dachte, wir geben uns die Freiheit!«

»Da wusste ich ja noch nicht, dass du diesen Typ direkt unter meiner Nase treffen würdest!«

Sie biss sich auf die Unterlippe. Gut, wirklich konkret schien er nur von Gábor zu wissen. Auch wenn sie sich nicht erklären konnte, woher, denn eigentlich kannte Gábor, der nur ab und zu nach Berlin kam, niemanden aus ihren Kreisen. Und gesprochen hatte sie über ihn nur mit ihrer besten Freundin Ändi. Und Ändi, eigentlich Andrea, würde niemals jemandem davon erzählen.

»Wie viele Typen hattest du?«, schrie er sie an, während sie sich auf eine Bank setzte und die Arme um ihre Knie legte, als könnte sie sich so vor ihm und seinen tief in sie eindringenden Fragen schützen.

»Nur diesen einen«, sagte sie langsam, ihre Worte liefen auf Glatteis, sie konnte jetzt alles falsch machen oder alles richtig. »Und das war auch eine einmalige Sache …«

André tigerte vor ihr hin und her. »Ich weiß, dass ihr euch mindestens zweimal getroffen habt. Nämlich in der

Schönhauser 5, Frenzi von den Inchies hat euch gesehen. Zweimal. Wie ihr da in eines der Zimmer gegangen seid, gemeinsam. Das ganze beschissene Haus hat euch gehört.«

Billie biss sich auf die Unterlippe. Scheiß-Frenzi. Die hatte sie noch nie leiden können. Die hatte doch ein Auge auf Rex geworfen und konnte es nicht ertragen, dass Rex immer nur mit Billie auf der Bühne stehen wollte. O Gott, ob Frenzi auch von ihr und Rex wusste? Das wäre der Untergang. Eine Vollkatastrophe. Wenn André das herausfand, war es vorbei. Sie spürte, wie die Panik in ihr aufstieg.

»Wie bist du denn überhaupt hierhergekommen?«, fragte sie, um ihn aus seiner rauschhaften Wut herauszureißen – und sich selbst aus der Panik.

»Ich bin getrampt. Erst wollte ich, dass Rex mich fährt, aber der war zu besoffen.«

Oh, gut, er sprach noch völlig normal von Rex. Davon wusste er also nichts. Hatte es sich doch bezahlt gemacht, dass Rex, egal wie druff er auch gewesen war, immer mit größter Vorsicht agierte, was sie beide anging. Billie wollte ihn ja manchmal schon auf dem Hof oder direkt hinter der Bühne knutschen, aber er hatte sie immer weggedrückt: »Nicht hier.« Danke, Rex, dachte sie, danke für deine Angst, dass andere Frauen Wind davon bekommen, dass du bereits mit einer rummachst.

»Billie«, sagte André in flehendem Ton, »bitte sag mir, mit wie vielen Männern du etwas hattest. Ich halte das nicht aus. Du musst es mir sagen, das bist du mir schuldig.«

Seine Obsession mit der Anzahl der Männer machte Billie wütend. Als ob sie ihm gehörte und er nun einschätzen wollte, in welchem Ausmaß sein Eigentum abgenutzt worden war. Am liebsten hätte sie ihn angeschrien, das geht dich gar nichts an. Jetzt lass mir doch endlich mal etwas für mich! Stattdessen versuchte sie, seine Hand zu greifen und ihn neben sich auf die Bank zu ziehen.

»André, ich schwöre dir, das hatte gar nichts zu bedeuten. Ich liebe dich. Nur dich. Du bist der ganze Mittelpunkt meiner Welt.« Sie redete immer weiter, wollte so gerne glauben, was sie sagte. Sie hatte das doch mal gefühlt, das konnte ja nicht weg sein. Sie hatte doch einst all diese große Liebe gespürt. Die musste doch noch irgendwo in ihr stecken, wenn sie sich nur genug anstrengte. Wenn sie nur fest genug daran glaubte. »Ich will neben dir aufwachen und neben dir einschlafen. Ich will neben dir Falten bekommen und einen Buckel. Ich werde deine Hand halten, wenn du stirbst …« Sie atmete unhörbar erleichtert auf, sie hatte sich selbst überzeugt. André und sie, die große Liebe, das eine Für-Immer. Sie glaubte es in diesem Moment. Sie war gut darin, Menschen zu überzeugen, manchmal sogar sich selbst.

Aber André, André, der glaubte ihr nicht mehr. Sie war zu ehrlich gewesen. Hatte zu viele ihrer Gedanken mit ihm geteilt und nun das Bild zerstört, das sie über Jahre vor ihm in schönsten Farben gemalt hatte.

»Ach, hör doch auf!«, schlug er ihre Hand weg. »Du fickst andere Typen, ich weiß, dass es nicht nur einer war.

Wo warst du denn vorletzte Woche, als du angeblich Ändi getroffen hast und mit verwischter Schminke nach Hause kamst? Wo warst du da? Du hast dich doch nicht mit deiner Freundin getroffen!«

»Mann, André, ich hatte heute einen echten Scheißtag. Die Kinder waren voll anstrengend, meine Eltern haben, statt zu helfen, nur blöde Kommentare abgegeben. Ich bin durch. Ich will einfach nur ins Bett.«

»Ich will wissen, wo du an dem Abend warst!«

Sie wusste genau, von welchem Abend er sprach. Das war der Abend, den sie mit Rex und Nikita verbracht hatte. Es war ein Fehler gewesen, sich nicht noch einmal zurechtzumachen, bevor sie nach Hause geradelt war. Sie hätte die verwischte Wimperntusche ganz abwaschen sollen. Nichts sagte so sehr, ich habe die ganze Nacht Schwänze gelutscht, wie verwischte Wimperntusche. Aber sie wollte nicht noch mal in das eklige Bad von Rex. Und überhaupt hatte sie nicht schnell genug dort wegkommen können, als sie drei fertig waren mit Vögeln und Rex und Nikita auf dem löchrigen Sofa saßen und anfingen, über Gitarren zu fachsimpeln, so als wäre sie gar nicht mehr da.

»Ich war bei Ändi, so wie ich es dir gesagt habe. Wir haben einfach sehr viel gelacht, Mensch, oder der Gegenwind auf dem Heimweg … Keine Ahnung, wie die Schminke verwischt ist …«

»Du lügst mich an!«

»André, wir hatten eine Abmachung«, wiederholte sie

stoisch. André war einer, der sich an Regeln und Abmachungen hielt, und er hatte zugestimmt, da konnte er ihr doch jetzt nicht die Hölle heißmachen. »Du hast gesagt, wir probieren das mal. Dass jeder machen kann, was er will.«

»Du hast mir das ganz anders verkauft. Du hast mir erzählt, dass das passieren könnte, wenn einer von uns beiden vielleicht mal verreist. Bei einer Tour. Auf einem Konzert. Einmalige Situationen. Ich wusste doch nicht, dass du quasi vor meinen Augen, da, wo wir beide ein und aus gehen, wo alle unsere Freunde und Kollegen ein und aus gehen, dass du da Typen triffst … Du hast gar keinen Respekt vor mir! Ich bin dein Mann, verdammt noch mal!«

Sie wusste nicht, was sie sagen sollte.

»Du hast dich mit allen möglichen Typen getroffen, während ich wie ein Idiot mit den Kindern zu Hause saß …«

»Von welchen Typen redest du, André? Du spinnst dir da was zusammen, was gar nicht stimmt … Und du saßt nicht wie ein ›Idiot mit den Kindern zu Hause‹, manchmal gehst du abends raus und manchmal ich. Mann, wir können uns doch nicht gegenseitig einsperren …«

»Jetzt weiß ich auch, warum du dich in letzter Zeit so anziehst, wie du dich anziehst. Man sieht dir doch förmlich an, was du willst.«

»Sag mal, spinnst du jetzt?«

»Ich erkenne dich gar nicht mehr wieder. Ich weiß gar nicht mehr, wer du bist. Du bist nicht mehr die Frau, die ich geheiratet habe.«

»Als du mich in Bulgarien kennengelernt hast, habe ich dir am ersten Abend von meinem Freund in Berlin erzählt, und am zweiten hatten wir Sex am Strand. Wer dachtest du denn, wer ich bin?«

»Aber das war doch was ganz anderes …«

»Wieso? Weil du derjenige warst, mit dem ich betrogen habe? Und nicht der Betrogene?«

»Weil du dich in mich verliebt hast … Bist du in diesen Gábor auch verliebt, oder was?«

»…«

»Billie! O mein Gott«, er fasste sich an die Stirn, »für ihn ist das Lied, das du neulich geschrieben hast. Wie hieß das noch, *Der Abenteurer* oder so. Billie, bist du in den Typ verliebt?«

»Vielleicht ein bisschen verknallt. Aber das hat doch nichts mit uns zu tun.«

»Verdammt noch mal. Wie kannst du das sagen? Das hat alles mit uns zu tun!«

»André, man kann durchaus mehrere Menschen gleichzeitig toll finden. Was wir haben, ist doch trotzdem einzigartig. Du bist mein Mann. Wir haben zwei Kinder. Wir teilen ein Leben. Warum hast du solche Angst vor etwas, was zehn Prozent meines Lebens ausmacht, wenn du doch die restlichen neunzig bist?«

»Verstehst du eigentlich, was du da sagst?«

»Was sage ich denn?«

»Du willst, dass ich dich mit anderen Männern teile!«

»Dafür müsste ich dir gehören. Ich gehöre dir aber nicht. Ich gehöre nur mir selbst. Und in diesem Leben, das nur mir gehört, will ich fast alles mit dir teilen. Und das reicht dir immer noch nicht.«

»Du willst andere Männer ficken. Du willst andere Schwänze in deinem Mund. Das ist so ekelhaft. Du widerst mich an.«

»Wie kannst du so was Gemeines sagen?«

»Wie kannst du so eine Schlampe sein?«

Das Wort traf sie wie ein Schlag. Sie taumelte.

»Du bist so eine verdammte Schlampe. Schlampe. Schlampe. Schlampe!«

Da begann Billie, sich zu wehren, ihre Stimme zog Kreise im nächtlichen Innenhof, prallte gegen die Häuserwände und klang ganz dünn, als sie bei André ankam: »Jetzt reicht's. Du hast sie ja wohl nicht mehr alle. Du redest von Respekt? Ich bin die Mutter deiner Kinder, du Arschloch!« Schlampe. Ein Wort wie tausend Schläge. Rumms in den Bauch. Ein Tritt zwischen die Rippen. Eine schallende Ohrfeige ins Gesicht. Schlampe. Schlampe. Schlampe.

»Wie soll ich das denn anders nennen? Dass du auf der Bühne tanzt und deinen Arsch zeigst? Dass du andere Männer triffst? Dass du Lieder über deine Abenteuer schreibst? Du erniedrigst mich in aller Öffentlichkeit.«

»Das ist das Einzige, was für dich zählt. Wie du vor anderen dastehst. Vielleicht solltest du dich mal besser darum kümmern, wie du vor mir dastehst. Nennst mich Schlampe, dieses ekelhafte Wort, das ihr Männer erfunden habt, um uns Frauen klein zu halten. Wir hatten einen Deal, du hast gesagt, ich darf machen, was ich will …« Schlampe.

»Weil ich Angst hatte, dich sonst zu verlieren …«

»Ich brauche Freiheit, André. Ich ersticke mit dir! Ich ersticke mit den Kindern. Ich ersticke mit euch. Immer seid ihr da. Immer wollt ihr was von mir. Ich habe gar kein eigenes Leben. Du gehst zu deinem Sport, du sitzt bis spätabends im Studio, und ich kümmere mich um die Kinder. Ich habe nichts, was mir gehört.« Schlampe.

»Wovon redest du? Du komponierst. Du singst. Du kreierst doch am laufenden Band.«

»Ja, aber dafür muss ich leben. Und du lässt mich nicht.« Schlampe.

»Leben heißt also mit anderen Männern vögeln …«

»Nicht nur«, sagte sie und konnte ihn gar nicht mehr angucken, »aber auch … Leben heißt Offenheit, Freiheit.« Schlampe.

»Billie, vergiss es, vergiss unsere Abmachung, ich will das nicht. Vergiss, was ich dir vor ein paar Monaten gesagt habe. Ich will das alles nicht. Ich will nur uns beide oder gar nichts.«

Sie biss sich auf die Unterlippe. »Das kannst du doch nicht einfach so entscheiden. Was ist denn mit dem, was ich will?« Schlampe.

»Billie, wir haben zwei Kinder! Willst du das einfach alles wegwerfen?«

»Boah, das ist so kleingeistig. Mann, noch nie, noch nie in irgendeinem Kapitel der Menschheitsgeschichte ist es Menschen gelungen, in Monogamie zu leben. Warum kannst du nicht einfach in die andere Richtung gucken, wenn wir das schon nicht offen leben können?« Schlampe.

»Weil ich dich liebe!«

»Nein. Weil du mich besitzen willst. Mit Liebe hat das nichts zu tun.« Schlampe.

»Billie, du kannst mir doch nicht vorwerfen, dass ich dich nicht teilen will. Mann, andere Frauen wären froh, einen Mann zu haben, der treu ist. Die meisten Menschen wollen so leben wie ich, nur mit dem einen Partner, den sie lieben.«

»Aber was ist damit, dass ich das nicht will? Du kannst mich doch nicht einfach unsichtbar machen …« Schlampe.

»Billie, das ist nicht normal. Zwei Menschen heiraten, bekommen Kinder und sind einander treu. *Das* ist normal.«

Sie lachte gehässig. »Als ob das die Norm wäre. Niemand ist treu. Ich sage nur ehrlich, dass ich es nicht sein will. Und dafür bestrafst du mich jetzt. Wäre es dir lieber gewesen, ich hätte es heimlich getan? Ich muss doch mit dir darüber reden können, was ich möchte und brauche. Du bist neben den Kindern der wichtigste Mensch in meinem Leben. Und dich soll ich belügen und betrügen?« Schlampe.

»Wenn ich der wichtigste Mensch bin, warum brauchst du dann andere?«

»Mann, ich hab doch nur ein Leben. Und du hast nur ein Leben. Uns muss es doch auch noch unabhängig voneinander geben. Und es gibt so viele spannende Menschen da draußen. Und was wir beide haben, ist doch einzigartig. Wir erlauben uns doch auch andere Freundschaften. Warum muss unserer Körperlichkeit exklusiv sein?« Schlampe. Schlampe. Schlampe.

»Boah, wie du redest! Wo hast du denn diesen Scheiß her?«

»Ich habe einfach viel darüber nachgedacht«, sie zögerte einen Moment, »und ich habe viel mit Etty über das Thema gesprochen.«

Etty, eigentlich Esther, war Andrés Tante. Sie war im letzten Jahr zu Andrés und ihrem Geburtstag – sie hatten am selben Tag im Mai Geburtstag, was Billie anfangs romantisch fand und inzwischen nur als weiteres Anzeichen dafür wertete, wie wenig sie unabhängig voneinander existierten – aus New York zu Besuch gekommen und hatte Billie die Augen geöffnet. Etty war, so hatte sie es in ihrem stark von amerikanischem Akzent und Vokabeln durchzogenen Deutsch genannt, ein *shrink*. Es hatte Etty einige Zeit gekostet, bis sie Billie erfolgreich erklärt hatte, was das bedeutete, ein Shrink zu sein. Etty war Psychotherapeutin. Und während Billie davon ausgegangen war, dass nur völlig Verrückte zu einem Psychotherapeuten gingen, hatte Etty ihr erklärt, dass das in New York völlig normal war. Etty, die als Esther Seelig geboren worden war und ihren Namen in den USA auf Etty gekürzt und durch eine ihrer Ehen – war es die zweite? – in Etty Rosen verwandelt hatte, war ein ganzes Stück jünger als Andrés Vater Ali – der eigentlich auch anders hieß, nämlich Alfred. Etty war gerade einmal sechs Jahre alt gewesen, als sie und Ali mit einem der sogenannten Kindertransporte nach London gekommen waren. Etty und Ali hatten gemeinsam überlebt. Als Ali mit Ende zwanzig entschied, eine Reise nach Berlin zu machen, um dort seiner schmerzhaften Vergangenheit nachzuspüren, traf er Regina wieder, ein Nachbarskind, auf das er früher manchmal aufgepasst hatte, und die beiden heirateten, als Regina kurz darauf schwanger wurde. Etty hingegen entschied sich, als klar war, dass ihr Bruder endgültig nach Berlin und dann auch noch nach Ostberlin zurückgehen würde, zum Studium nach New York zu ziehen. Ganz allein. Aber das hatte ihr nichts ausgemacht, denn allein sein hatten Etty und Ali gelernt, nachdem sie ihre Eltern in der Hölle zurücklassen mussten. Ein paar Jahre später wurde die Mauer gebaut, und Etty und Ali saßen nun auf unterschiedlichen Seiten der Welt. Etty studierte Psychologie, machte eine Ausbildung zur Therapeutin, avancierte zu einer der angesehensten ihrer Zunft, lebte auf der Upper West Side. Wurde die große weite Welt. Während ihr Bruder Ali im Osten, im anderen Europa, wie Etty es nannte, als Schriftsteller immer haarscharf am Schreibverbot vorbeischrammte, saßen Leute auf Ettys Couch, die sich vor lauter Liberalität und Offenheit, vor lauter ausgesprochenen und vormals unaussprechlichen Dingen kaum noch vorstellen konnten, dass es so etwas wie

Verbote gab. Und Etty blickte auf ihren großen Bruder und bewunderte ihn und wunderte sich gleichermaßen. Wie oft hatte sie ihn in all den Jahren ermutigt, gemeinsam mit Regina und André einen Ausreiseantrag zu stellen und zu ihr nach New York zu kommen. Aber Ali behauptete immer, er brauche die Brüche zum Schreiben. Dass das Glück eben Höhen und Tiefen benötige, weil sonst Langeweile herrsche. Und dass er in New York nicht nur seine Sprache, sondern auch seine Themen und Widersprüche verlöre, die ihm als Juden in der DDR wie auf einem Silbertablett serviert wurden. Und Regina, die war als Schauspielerin ja auch auf ihre Sprache angewiesen. Sie spielte am Maxim-Gorki-Theater, von dort war der Weg nach New York weit. Regina sprach ja nicht mal Englisch. Billie liebte Regina, Ali und Etty. Und auch Onkel Gerry und Marianne in Paris. Sie liebte Andrés Familie mindestens genauso, wie sie André liebte. Seine Eltern waren ihr ebenfalls Eltern. Vielleicht sogar die lieberen. Andrés Eltern waren Künstler, Billies nicht. Wobei man das André kaum anmerkte, so engstirnig und unfrei, wie er dachte. So traditionell und spießig. Sosehr Billie gegen ihre Eltern rebellierte mit ihrer ganz und gar freiheitlichen Existenz, so sehr tat André das wohl auch mit seinen Regeln und Grenzen, die er immer enger um sie herumschnürte.

Sie sprach viel mit Etty darüber. Bei ihrem Besuch und später in Briefen, die sie einander schrieben. Etty wurde so auch ihr Shrink. Wenn auch aus der Ferne und mit großer zeitlicher Versetzung. Und heimlich. Denn Billie hatte bisher niemandem davon erzählt. So etwas wie zur Therapie gehen gab es bei ihnen nicht. Mutti, Vati und auch André hätten sie für verrückt erklärt. »Dir fehlt doch nichts«, hätten sie gesagt und ungläubig und vernichtend auf sie herabgeschaut, sie, diese Tochter, diese Ehefrau, die immer Probleme machte. Auch da, besonders da, wo es ihrer Meinung nach gar keine gab.

»Mein Gott, wie wichtig kann man sich nehmen«, das hätte ihre Mutter bestimmt gesagt. Und das Schlimmste: Billie hätte ihr auch noch zugestimmt. Weil sie immer noch, immer wieder diesen eingepflanzten Zweifel spürte. Weil sie dann auch dachte: Du, Billie Seelig, geborene Hoffmann, du bist ganz und gar nichts Besonderes. Aber zum Glück gelang es ihr dank Pauli immer besser, dieses Gefühl zu ignorieren. Bei Weitem nicht zu überwinden, aber doch zu ignorieren. *Thank God*, wie Etty gesagt hätte. »*Thank God*, du hast dieses Kind bekommen. Ein Kind mit starkem Willen, das sich um nichts schert. Und dass dir ein Spiegel ist für das, was auch du sein könntest.«

Eine der Sachen, die Etty ihr immer wieder sagte, war: Eine Mutter kann erst dann eine gute Mutter sein, wenn sie sich von ihren eigenen Eltern lossagt und die Welt für ihre Kinder so gestaltet, wie sie möchte, nicht wie ihre Eltern das von ihr erwarten.

Eine andere ihrer Weisheiten war: Sei dir selbst eine gute Mutter. Behandle dich selbst, wie du als Kind gerne behandelt worden wärst.

Das musste sie ganz bestimmt noch üben. Und wie behandelte man sich selbst gut, mit Großzügigkeit, Zärtlichkeit, wenn das, was man war und sein wollte, einen anderen Menschen unglücklich machte?

»Etty? Na, da sprichst du ja mit der Richtigen. Wie oft ist die geschieden? Zweimal? Dreimal?«

»Du bist so verdammt spießig und engstirnig.«

»Und du bist gierig. Du willst alles haben. Du willst dich gar nicht einschränken …«

»Früher war das genau das, was dich an mir fasziniert hat. Meine Freiheitsliebe.« Schlampe. Kurz hatte sie vergessen, verdrängt, dass er das eben zu ihr gesagt hatte. Sie wollte weinen.

»Ich habe mich in eine andere Frau verliebt, Billie! Nicht in die, die du geworden bist.«

Sie merkte, wie ihr Tränen in die Augen stiegen. Es war hart, das von ihm zu hören. Vor allem weil diese Frau, die sie langsam wurde, für sie endlich die Frau war, die sie sein wollte.

Die Wahrheit war: Schon als Jugendliche hatte Billie gefühlt, was sie immer noch fühlte. Sie war sechzehn und eigentlich mit Carlos zusammen. Aber sie wusste noch genau, wie sie mit Stefan, dem Tänzer, in der Theatergruppe saß. Ganz allein, die anderen waren noch nicht da oder schon gegangen. Und Stefan machte plötzlich *Türen öffnen sich zur Stadt* an. Sie erinnerte sich so gut an das Lied. An den

Moment. An Stefans Blick. Das Knistern der Schallplatte. Maschines Stimme.

Fenster blicken weit hinaus.
Straßen rufen dich vors Haus.
So lass dich von ihnen verführ'n.
Alle wollen deine Schritte spür'n.
Tiefer ins Leben hinein.

Und sie, sie wollte Stefan küssen. Aber tat es natürlich nicht, weil sie mit Carlos zusammen war und keine Schlampe sein wollte.

Wie sehr sie sich davor fürchtete, eine Schlampe zu sein. Erst Etty hatte ihr eröffnet, dass es so etwas wie »freie Liebe« gab. Dass Menschen das lebten. Dass Monogamie nicht der einzige Weg war, eine romantische Liebe zu leben. Erst Etty versuchte, Billie langsam von der Angst, eine Schlampe zu sein, zu befreien. Ihr dieses Wort und das Konzept, was dahintersteckte, auszutreiben. Ihr auszutreiben, dass Frauen sich auf eine bestimmte Weise zu verhalten hatten, um gute Ehefrauen zu sein. Das war das erste Mal, dass Billie verstand, dass da nichts Falsches in ihr schlummerte, dass sie kein böser Mensch war, sondern eben das, ein Mensch. Ein Mensch mit Bedürfnissen und Wünschen. Und sie schöpfte Hoffnung, dass sie ein anderes Leben führen könnte – gemeinsam mit André. Etty war es auch, die ihr erklärte, dass nicht alle Menschen auf der Welt Mutterschaft so starr sahen wie die Deutschen. Etty begründete diese strengen Vorstellungen immer mit den Nazis. »Die Nazis haben das Mutterbild in Deutschland geprägt, vergiss das nicht, Billie«, pflegte sie zu sagen. Etty glaubte auch, dass Menschen zu viel von ihren Beziehungen erwarteten und dass es unmöglich war, alles von einem Partner zu bekommen. Sie glaubte, dass Untreue jahrzehntelang nur ein Thema der Männer gewesen war, aber dass das vor allem daran lag, dass Frauen nicht tun konnten, was sie wollten. Zumeist weil sie finanziell von ihren Ehemännern abhängig waren. Billie hatte immer gewusst, dass das Wilde in ihr drinsteckte, aber ihr Verantwortungsbewusstsein hielt sie davon ab weiterzudenken. Wobei sie auch wusste, dass da noch mehr dahintersteckte … Billie war nicht nur extrem verantwortungsbewusst, sondern sie verurteilte Menschen auch schnell. Vor allem diejenigen, die ihr Leben in ihrem eigenen Takt lebten. Sie bewunderte sie heimlich, dachte aber auch – und da war sie ganz die Tochter ihrer Mutter –, was bilden die sich ein? Warum denken die, sie könnten was Besonderes sein?

Billie gab sich alle Mühe, ihr Leben mit beiden Füßen am Boden verankert zu leben, so wie ihre Mutter ihr das beigebracht hatte. Keine Schlampe zu sein, gehörte dazu.

Und das blieb so, bis Pauli sie aus ihrem Käfig befreite. Bis Billie das Kind bekam, das ihr deutlich machte: Scheiß auf alles. Du hast nur ein Leben, es wäre schade, es als jemand anderes zu verbringen. Aber natürlich wusste sie, dass sie damit gegen alle Konventionen verstoßen würde. Für André gab es nur die eine exklusive Liebe. Und er litt wie ein Hund darunter, dass sie Monogamie für eine erdachte Lebensart hielt.

Sie betrachtete ihren Mann von der Seite. Er hatte sich neben sie gesetzt, und sein schweres Herz hatte förmlich seinen Körper verlassen. Blockierte jede Nähe zwischen ihnen wie ein Gebirgszug, der sich aus dem Zusammenstoß zweier Platten der Erdkruste aufgetürmt hatte.

Mein Gott, wie sehr sie ihn enttäuschte. Wie sehr sie ihn verletzte. Sie war schuld an allem, dachte sie plötzlich. Und jeder neutrale Beobachter, den man gefragt hätte, hätte das bestätigt. Sie wollte etwas, was es nicht gab. Liebe und Freiheit. Und die meisten Menschen verstanden nicht, warum sie das wollte, André am allerwenigsten. Aber diese Abhängigkeit, diese Übergriffigkeit, die mit seiner Art zu lieben einherging, die machte sie krank. Dieser besitzergreifende Gedanke, dass man, weil man mit jemandem ein Leben teilte, kein eigenes mehr haben durfte. Oder nur in einem bestimmten Rahmen. Wer hatte ihnen das mit der Monogamie als der einzig wahren Idee von Romantik in den Kopf gesetzt? Warum glaubten sie alle, dass es nur so ginge? Warum machten sie sich alle zu Unfreien?

»Warum brauchst du diese anderen Männer, um dich frei zu fühlen?«, fragte André sie jetzt, und einen Moment lang schöpfte sie Hoffnung. Er war an ihren Beweggründen interessiert, er wollte wissen, was in ihr vorging. Sie und ihre Bedürfnisse hatten noch einen Stellenwert.

Und Billie überlegte eine ganze Weile, dachte:

»Ich kann mich nur dann wirklich sehen, wirklich spüren, wenn ich mich selbst von außen betrachte. Ich muss mich in dem Bild, das jemand anderes von mir hat, auflösen. Erst wenn ich mich komplett verliere, kann ich mich wiederfinden«, und verwarf den Gedanken, weil André ihn nicht verstanden hätte.

Sie dachte: »Weil ich nichts Eigenes habe. Mein ganzes Leben besteht aus dir und den Kindern. Ich existiere nur als Mutter deiner Kinder oder als deine Frau. Ich existiere gar nicht mehr ohne euch. Als eigenständiger Mensch.«

Sie dachte: »Ich kann keinen Sex mit dir haben, ohne daran zu denken, dass wir zwei Kinder und so viel Leben miteinander haben.«

Sie dachte: »Es gibt so viele spannende Menschen, die spannende Gefühle in einem auslösen. Warum sollte ich das alles verpassen?«

Und sie dachte: »Der Mensch ist nicht für die Monogamie gemacht. Das haben die letzten Jahrhunderte doch wohl eindrücklich gezeigt.«

Schließlich sagte sie: »Mit dir bin ich nur eine Sache, eine Frau, eine Mutter. Aber manchmal will ich etwas anderes sein.«

Schlampe. Hatte er dieses Wort gesagt, weil er es meinte, weil er sie wirklich für eine Schlampe hielt? Oder weil er wusste, wie sehr dieses Wort, diese Beschreibung sie ängstigte? Und was war schlimmer?

Eine Dreiviertelstunde später, sie hatten sich gerade nebeneinander ins Bett gelegt, die Kinder hatten sie auf ein Campingbett gehievt, spürte sie plötzlich seine Hand in ihrem Schritt. »Ich will mir dir schlafen«, raunte er. »Jetzt.« Schlampe, echote es in ihrem Kopf. Schlampe. Schlampe. Schlampe.

»Nein, André, ich will nicht. Nicht so. Nicht mit den Kindern im Zimmer. Nicht nach dem Streit, den wir gerade hatten.«

»Bitte, Billie, ich liebe dich. Wenn du mich auch liebst, musst du es mir zeigen. Ich brauche dich jetzt.« Er drückte sich an sie und zog ihr T-Shirt hoch.

»André, ich möchte das nicht … Nicht jetzt …«

»Bitte. Billie.«

»André, nein …«

»Bitte, Billie.« Er nestelte an ihren Brüsten herum.

Sie versuchte, seine Hand wegzuschieben, aber er drückte dagegen.

»Ich will wirklich nicht.«

»Billie, du bist meine Frau …«

Und dann tat sie es doch.

6
CHRISTA

Irgendetwas stimmte nicht mit Sibylle und André. Warum war er hier so plötzlich mitten in der Nacht aufgetaucht? Als sie aufstand, saß er schon in der Küche, und sie hatte ihre Überraschung kaum verbergen können. Sie hasste Überraschungen. Vor allem solche, die mehr Arbeit und Aufwand bedeuteten. Und André bedeutete besonders viel Mehraufwand, weil er, anders als Sibylle und die Kinder, nicht die gleichen Dinge wie sie und Friedrich aß. Das ging schon beim Frühstück los: Sie alle waren mit Brötchen und Aufstrich zufrieden, er hingegen aß nur dunkles Brot, wollte morgens Tomaten, Gurken und Paprika, einen besonderen Käse. Und so war ihr erster Gedanke, als sie André in der Küche vorfand, dass sie nun noch einmal in die Kaufhalle musste. Sie machte sich auch Sorgen, was aus ihrem Ausflug mit Sibylle werden würde, jetzt, wo André da war. Nicht dass er am Ende noch mitwollte. Christa schien sein ganzes

Auftauchen überstürzt, ungeplant. Das nervte sie, denn man konnte ja wohl verlangen, dass so etwas wie ein Besuch bei den Schwiegereltern im Voraus geplant wurde. Er hätte wenigstens ein paar Tage vorher Bescheid sagen können, sie hätte die Bettwäsche und die zusätzliche Bettdecke vorbereiten können. Das machte man doch nicht, einfach so überraschend irgendwo aufzukreuzen. Als Sibylle kurz danach dazukam, hatte Christa das Gefühl, dass auch sie nicht ganz glücklich mit seinem Überraschungsbesuch war. Sie wusste gar nicht genau, woran sie das festmachte. Die beiden redeten ganz normal miteinander, aber irgendwie herrschte trotzdem eine spürbare Anspannung zwischen ihrer Tochter und André. Sibylle schaute ihm kaum in die Augen, und André, so freundlich er auch war – denn das war er, ein wirklich freundlicher, zuvorkommender, ja höflicher Mann, der immer sofort seine Hilfe in der Küche anbot, anders als ihre Tochter –, wirkte vor allem Sibylle gegenüber irgendwie abweisend. Und das war wirklich etwas, was sie so noch nie beobachtet hatte. Normalerweise hing André an Sibylles Lippen. Und wenn Christa manchmal Dinge zu ihm sagte wie »Ich weiß, wie anstrengend meine Tochter sein kann«, winkte er nur ab und ließ sich nicht auf ihren Versuch der Verbrüderung ein: »Ich liebe sie, weil sie so ist.«

Aber heute war etwas anders. Sie konnte nicht genau sagen, was es war, aber irgendetwas stimmte hier nicht.

Natürlich war Christa nicht die Art von Mutter, die Sibylle darauf angesprochen hätte. Niemals hätte sie auch nur den Versuch unternommen, im Leben ihrer Tochter herumzuschnüffeln. Zum Glück hatte sie das auch nie gemusst. Sibylle war schon immer ein Kind gewesen, das alles von allein erzählte. Oft auch zu viel, wenn sie ehrlich war. Mein Gott, ihr Kind konnte sabbeln ohne Punkt und Komma. Das ging ihr manchmal schon auf den Keks. Während sie beim Abendbrot, nach einem langen, lauten Schultag, einfach nur in Ruhe essen wollte, hatte Sibylle ihr oft ihren ganzen Tag in allen Einzelheiten geschildert. Und dann hat der gesagt, und dann hat die gesagt, und dann hab ich gesagt. Jede Geschichte eine Bühnenvorstellung. Mit dramatischen Wenden und gesetzten Pointen. Klar, unterhaltsam war sie, ihre Tochter, aber es war ja nicht so, dass sie tagsüber still in einem Büro saß und irgendwelche Akten sortierte. Sie war den ganzen Tag mit Kindern und Jugendlichen zusammen, die alle Geschichten teilten, die alle Aufmerksamkeit wollten und Bedürfnisse hatten. Und sie war es gewohnt, dass, wenn sie »Ruhe!« sagte, auch Ruhe war und ihr zugehört wurde. Sibylle aber nahm so viel Raum ein, dachte, die ganze Welt drehe sich nur um sie und ihre Geschichten. Christa war natürlich ganz gut darin, einfach nur »Hm« und »Ja« und »Ach so« zu sagen und abzuschalten. Sie war gut darin, Sibylles Redeschwall über sich ergehen zu lassen, ohne dass ihre Tochter merkte, dass sie eigentlich in Gedanken ganz woanders war. Im Weltall nämlich. Dort flog Christa so vor sich hin, ein Christa-Satellit, ein Christa-Komet, sah ab und zu ein paar Sterne vorbeifliegen, und ansonsten herrschten Ruhe und Dunkelheit. Ihre Vorstellung vom Paradies.

»Wo sind die Jungs?«, fragte sie in die Runde. Wo Friedrich war, wusste sie. Er holte Brötchen und Streuselschnecken. Und ein dunkles Brot für André.

»Die gucken sich ein Buch an …«, antwortete Sibylle schnell.

»Wollen die beiden heute gar kein Fernsehen schauen?«

»Mutti, die Kinder müssen nicht jeden Tag vor der Glotze hocken. Das ist mir eh schon viel zu viel hier …«

»Nun sei doch nicht so streng, lass doch die Kinder gucken, wenn sie wollen«, mischte sich André ein. »Sie sind doch bei ihren Großeltern.«

»Ja, das sag ich ihr auch immer«, pflichtete Christa ihm bei. »Sibylle, du übertreibst mit deinen ganzen Regeln und Vorstellungen. Mensch, früher haben wir uns über solche Sachen gar keine Gedanken gemacht.«

»Oh, du meinst früher, als Eltern ihre Kinder noch schlugen und eine ganze Generation verkommener Nazis hervorbrachten? Und damit dieses faschistoide Mutterbild einführten, das uns alle hier in diesem Land ins Verderben gerissen hat? Oder meinst du im Sozialismus, als man seine Gefühle einfach fürs Wohl des Kollektivs abgestellt hat, bei sich und seinen Kindern, damit man in Ruhe morgens zur Arbeit gehen, dort seinen Dienst tun, sich danach in irgendeiner Kneipe besaufen und dann ins Bett fallen lassen konnte?« Sibylle blitzte sie böse an, und für einen Moment war Christa sprachlos.

»Sibylle, was gehst du denn deine Mutter so an?«, fragte André, bevor Christa reagieren konnte. Wobei die einzige Antwort, die ihr einfiel, sowieso höchstens gewesen wäre, dass ihr Land, die DDR, die Nazis nun wirklich hinter sich gelassen hatte. Das mochte im Westen ganz anders gewesen sein, wo die Altnazis auf Richterposten und in den Führungsetagen großer Unternehmen saßen. Aber wahrscheinlich hätte ihre Tochter ihr auch da widersprochen. Und überhaupt: faschistoides Mutterbild. Davon hatten sie sich hier ja wohl nun wirklich befreit. Oder nicht?

In diesem Moment kam Friedrich zurück. Wie immer bemerkte er die Stimmung im Raum gar nicht. Wenn man so sehr um sich selbst kreiste wie er, hatte man kein Interesse daran und keine Fähigkeiten, feinere Stimmungsschwankungen wahrzunehmen. Er drückte ihr den Brötchenbeutel in die Hand und begann, sich über die unfreundliche Bäckerin zu beschweren. Heute war Christa ihm fast dankbar für seine Ignoranz.

»Es nervt einfach, dass ihr so tut, als wäre es schlecht, sich über die Art und Weise, wie die eigenen Kinder aufwachsen, Gedanken zu machen. Ich möchte einfach, dass es ihnen gut geht, dass sie glücklich sind, aber auch, dass sie alles bekommen, was sie brauchen, und ich sie vor den Sachen schütze, die ihnen schaden«, ließ Sibylle nicht locker. Sie musste immer das letzte Wort haben. Ganz ihr Vater.

»Worum geht's?«, fragte Friedrich halbherzig. Es interessierte ihn eigentlich nicht.

Christa machte eine Handbewegung in Friedrichs Richtung, so als verscheuchte sie eine Fliege. »Das mag ja sein«, antwortete sie dann an Sibylle gerichtet und versuchte, dabei möglichst sachlich zu bleiben, obwohl sie sich immer noch über den unverschämten Kommentar von eben ärgerte, »aber man kann es auch übertreiben. Du solltest dir nicht immer so viele Gedanken über alles machen.«

»Wenn ich mir nicht Gedanken über meine Kinder und wie sie aufwachsen mache, worüber genau soll ich mir dann Gedanken machen? Was ist es denn deiner Meinung nach wert, dass ich mir viele Gedanken darüber mache? Welches Möbelstück ich in irgendeinem neu eröffneten Laden ergattern kann? Oder wie groß mein Fernseher sein sollte, damit ich das Gefühl habe, etwas erreicht zu haben?«

Christa lachte ihre Unverschämtheit weg. »Du spinnst«, sagte sie und machte sich dann demonstrativ an die letzten Handgriffe zur Frühstückszubereitung. Was war nur mit ihrer Tochter los? So unausgeglichen, so wütend hatte sie sie noch nie erlebt. Klar, Sibylle war immer meinungsstark gewesen, impulsiv, explosiv mit kurzer Zündschnur, aber im Moment war sie regelrecht aggressiv. Und sehr viel dieser Wut schien sich aus irgendeinem Grund gegen Christa zu richten. Sie seufzte kaum hörbar. Diese schlechte Stimmung zwischen ihr und ihrer Tochter war ihr unangenehm. Zum Glück gab Sibylle Ruhe und diskutierte nicht weiter. Stattdessen zog sie ein beleidigtes Gesicht, das Christa aber ohne Probleme ignorieren konnte.

Nachmittags fuhren sie nach Warnemünde. André nahm Paul auf den Schoß, damit sie alle zusammen in ein Auto passten. Er redete die ganze Fahrt auf seine Kinder ein: Guck mal hier und guck mal da. Alles Mögliche erklärte er ihnen, dabei hatten die beiden kaum etwas gefragt. Sie kamen ja auch kaum zu Wort bei dem Vater. Christa fuhr das Auto schweigend und dachte, dass Sibylle und André echt zwei waren, die sich gesucht und gefunden hatten. Beide schienen Stille nur schwer zu ertragen. Davon abgesehen fand sie es bedenkenswert, wie wenig Raum André den Kindern zum Alleinsein ließ. Sie stellte auch mit Sorge fest, dass André vor allem in seinen jüngeren Sohn geradezu verschossen war. Wenn man sie fragte – tat ja keiner, aber wenn man sie fragte –, würde Christa sagen, dass André Pauli viel zu viel durchgehen ließ. Manchmal beobachtete sie das und spürte, dass es auch Sibylle nervte. Überhaupt machte Sibylle das mit den Kindern besser. Während ihre Tochter auch über andere Themen sprach und ihre Kinder oft allein miteinander spielen ließ, ließ André den Jungs kaum Luft. Wenn Christa darüber nachdachte, fiel ihr auf, dass er so, wie er früher an Sibylle geklebt hatte, nun an den Kindern klebte. Vielleicht war das der Grund für die Verstimmtheit zwischen den beiden. Oder eine Konsequenz. Was aber schon auch auffiel: Wenn André da war, zog sich Sibylle fast komplett zurück, was die Kinder anging. War er nicht da, schwirrten sie um sie herum, und Sibylle lachte und flitzte und dallerte mit ihnen rum. Aber mit Andrés

Ankunft überließ sie ihm die beiden und wendete sich anderen Dingen zu. Christa hatte das Gefühl, dass Sibylle wieder empfänglicher für Gespräche war. Am Frühstückstisch war das Ganze etwas schiefgelaufen, aber auf dem Weg zum Auto hatte sie schon wieder versöhnlichere Töne angeschlagen und wurde dabei nicht alle zwei Sekunden von einem ihrer Kinder unterbrochen. Insofern fand Christa es eigentlich doch ganz angenehm, dass André gekommen war.

Sie saßen jetzt in Warnemünde in einem der neuen Cafés auf dem Alten Strom, André rannte mit den Kindern die Promenade auf und ab, und sie drei tranken Kaffee und kommentierten die Weltlage. Fast so wie früher, als es die Kinder noch nicht gegeben hatte.

Sie hatte plötzlich das Bedürfnis, Sibylle etwas zu erzählen, und begann, ihren Kopf nach Erinnerungen zu durchforsten. Sibylle liebte Geschichten. Sie fragte dann immer viel nach, schenkte ihre ungeteilte Aufmerksamkeit. Sibylle konnte einem in diesen Momenten das Gefühl geben, der einzige Mensch auf der Welt zu sein. Dann sah sie einen ganz fokussiert und aufmerksam an, fühlte die Geschichte, die Erinnerung mit, lebte sie auch. Und hinterher ließ sie das Erzählte nie einfach im Sande verlaufen oder begann, sofort von sich zu sprechen – wie Friedrich das immer, wirklich immer, bei jeder einzelnen Geschichte, die Christa mal erzählen wollte, tat –, nein, Sibylle sagte immer noch ein, zwei Sachen. Hakte noch einmal nach. Umarmte sie oder nahm ihre Hand. Stellte Nähe her. Es war erstaunlich, aber Sibylle war eine extrem aufmerksame, liebevolle Zuhörerin, wenn, ja wenn sie die Geschichte spannend fand. Wenn man hingegen Meinungen mitteilen wollte, denen sie nicht zustimmte, oder Dinge erzählte, die sie nicht interessierten, konnte sie einem die Worte im Hals ersticken.

Christa überlegte, welche ihrer Erinnerungen Sibylle wohl faszinieren würde. Vielleicht die, wie sie als kleines Mädchen eine Jungenbande angeführt hatte, wie sie mit ihren Rollern durch die Straßen ihrer Heimatstadt gerast waren und Christa dabei einmal eine Oma umgefahren hatte. Oder die von Tante Paula, ihrer früheren Nachbarin, die Christas Mutter immer mit den vielen Kindern geholfen hatte, um die sich ihr Vater nie kümmerte. Oder vielleicht etwas Späteres. Wie sie und Friedrich den Studentenkeller in Rostock geführt hatten und er sie sonntagmorgens immer auf den Schultern nach Hause trug, eine Flasche Wodka in der Hand, die sie sich von oben nach unten und umgekehrt reichten. Nein, da würde Friedrich gleich wieder übernehmen. Das nicht. Dann lieber irgendeine Geschichte von einem ihrer Schüler. Sie hatte mal einen jüdischen Schüler gehabt. Das wäre doch was. Wie hatte der noch geheißen? Rosenstein? Rosenzweig?

Friedrich kündigte an, dass er auf die Toilette ginge. Jetzt war die perfekte Gelegenheit.

Bevor sie etwas sagen konnte, redete Sibylle los: »Mama, André und ich haben Probleme.«

»Finanziell?«

»Ja, das auch. Aber das meine ich nicht. Wir haben Eheprobleme.«

Christa schaute in ihre Kaffeetasse. Wollte sie das wirklich wissen? »Was ist denn los?«, rang sie sich schließlich durch zu fragen.

»Ich will mehr Freiheit als er.«

»Was heißt das?«

»Ich will eine offene Ehe.«

»Was ist eine offene Ehe?«

»Na ja« – Sibylle druckste herum, und Christa wünschte sich, dass dieses Gespräch schon zu Ende wäre – »eine Ehe, in der man ab und zu auch mal andere treffen kann, ohne dass das ein Drama ist.«

Christa starrte auf die Promenade vor ihnen. Gerade lief ein hochgewachsener, extrem dünner Mann vorüber. Er trug einen bunten Polyestertrainingsanzug. Grün, Pink und Blau. *Grün und Blau schmückt die Sau*, sang plötzlich eine Kinderstimme in ihrem Kopf. Wohin konnte sie verschwinden, um dieses Gespräch nicht führen zu müssen? Was war bloß mit ihrer Tochter los? Dass sie so ein Leben wollte und sich dann noch nicht einmal schämte, es ihr mitzuteilen.

»Hm«, das war alles, was sie herauspressen konnte. Dann noch mal: »Hm.« Und schließlich sagte sie, in der Hoffnung, dass Sibylle nach ihrem langen Schweigen selbst verstanden hatte, wie unangebracht dieses Gespräch war, wie unangebracht es war, solche intimen Dinge mit jemandem zu teilen, auch wenn sie ihre Mutter war. »Na ja, ich weiß auch nicht.«

»André will das auf jeden Fall alles nicht«, redete Sibylle weiter.

»Das kann man ihm wohl auch nicht vorwerfen. Für mich wäre das auch nix.«

Sibylle starrte in die Luft.

»Müsst ihr mal schauen, wie ihr euch wieder zusammenrauft. Vielleicht fahrt ihr mal ohne die Kinder weg?«

Sibylle schien ernsthaft über den Vorschlag nachzudenken, sagte dann aber: »Ich weiß nicht, ob es mit einmal Zusammenwegfahren getan ist. Wir haben uns in komplett unterschiedliche Richtungen entwickelt. Manchmal schaue ich ihn an und weiß gar nicht mehr, wer er ist. Da liegt so eine extreme Distanz zwischen uns.«

»Sibylle, jetzt übertreibst du. Wirf das nicht weg. Ihr habt zwei Kinder. Und ich dachte, du liebst ihn. Ich dachte, André ist deine große Liebe?«

»Das war er ja auch. Das ist er ja auch.«

»Dann kriegt ihr das schon wieder hin. Hör mal, es kann nicht immer alles perfekt sein. Meinst du, dein Vater und ich hatten, ja haben keine Probleme? Man darf sich nicht immer von allem verrückt machen lassen. Da muss man einfach ein dickes Fell haben manchmal.«

»Ich weiß nicht, ob ein dickes Fell die Lösung ist. Manchmal bin ich sehr unglücklich.«

»Ach, mein Kind, du bist aber auch immer schnell sehr

unglücklich. Und dann drehst du dich um, und ein paar Sekunden später ist alles vergessen.«

Sibylle lächelte merkwürdig, und Christa war sich nicht sicher, ob ihre letzte Aussage richtig angekommen war.

»Ich spreche regelmäßig mit einer Therapeutin«, redete Sibylle weiter, und Christa rollte unwillkürlich mit den Augen. Eine Therapeutin? So eine Psychotante? Das war ja nun wirklich der größte Unsinn. Sibylle fehlte doch nichts. Jedenfalls nichts Ernsthaftes. Warum dann mit einem Seelenklempner sprechen? Um sich einzureden, dass einem doch etwas fehlte?

»Man muss nicht immer alles ausdiskutieren.« Christa machte eine wegwerfende Handbewegung. »Wenn du mich fragst, dieser ganze Hokuspokus, Therapie, solche Sachen, das bringt doch alles nichts. Das wirbelt nur mehr Staub auf, und am Ende weiß man gar nicht mehr, wer man ist und was man will.«

Sibylle sah sie stumm an.

»Man kann sich nicht ständig nur mit sich selbst beschäftigen. Man muss manchmal einfach klarkommen.«

»Aber man kommt doch besser klar, wenn man sich mit sich selbst beschäftigt.« Billie schien nicht bereit aufzugeben. Typisch ihre Tochter. Teilte sich mit, aber wollte eigentlich nur in dem bestätigt werden, was sie sowieso schon dachte. Da war sie wie Friedrich.

»Na, ich weiß nicht …«, sagte Christa und nahm einen weiteren Schluck aus ihrer Kaffeetasse. »Ich glaube, das wirbelt nur Staub auf. Gibt es tausend Dinge, die einen verrückt machen? Na sicher. Aber sollte man die immer alle ausgraben? Ich denke nicht. Manchmal ist es ganz gut, dass gewisse Sachen unter den Teppich gekehrt werden.«

»Jeder Mensch kann doch nur davon profitieren, sich mit seinen Gefühlen und Gedanken auseinanderzusetzen.«

»Man kann es aber auch übertreiben.«

»Kann man es übertreiben? Kann man sich jemals zu viel mit seinen Gefühlen auseinandersetzen? Kann man jemals zu viel fühlen?«

»Natürlich. Das sieht man doch an dir!«

»Wie meinst du das?«

»Du fühlst immer alles. Und was bringt es dir? Verwirrung! Totale Verwirrung. Du weißt doch gar nicht mehr, was du willst. Was dir eigentlich wichtig ist im Leben.«

»Nein, manchmal weiß ich das wirklich nicht. Aber das halte ich für normal.«

»Normal? Aber du leidest doch! Du leidest doch!« Christa schrie jetzt fast, und als es ihr auffiel, war es ihr augenblicklich unangenehm. Sie schaute besorgt zum Nachbartisch. Hatten die etwas mitbekommen? Sich in aller Öffentlichkeit anzuschreien, das war sonst Sibylles und Friedrichs Sache. Die stritten sich ja öfter mal hemmungslos in aller Lautstärke und an allen möglichen Orten. Vor ihnen und den Kindern hatten sich auch Sibylle und André schon öfter in die Haare bekommen. Aber sie und Sibylle noch nie. Das lag natürlich auch daran, dass sie, Christa, eigentlich nicht schrie. Das war gar nicht ihre Art. Wer schrie, hatte unrecht. So sah sie das.

»Lieber leide ich«, zischte Billie jetzt mit gedämpfter Stimme, anscheinend hatte sie bemerkt, dass sich Christa um die Meinung der Nachbarn am Nebentisch sorgte, »als nichts zu hinterfragen. Lieber leide ich, als mein Leben mit Alltag und Automatismen zu verschwenden. Immer nur funktionieren, klarkommen, immer nur durchziehen, weitermachen, mit dem Arsch an die Wand kommen. Ich kann doch nicht einfach über alles schweigen. Ignorieren, was ich fühle!«

»Nein, das sag ich ja auch nicht. Aber du weißt selbst, dass du dich in Dinge hineinsteigerst. Du reagierst über.«

»Wow, das ist mal wieder typisch. Warum hast du eigentlich solche Angst vor meinen Gefühlen?«

»Ich habe keine Angst vor deinen Gefühlen. Ich will nur nicht, dass es dir schlecht geht.«

»Manchmal geht es mir schlecht, manchmal super. Das ist das Leben.«

»Aber man muss das ja nicht extra suchen, dieses Unglücklichsein.«

»Du wolltest schon immer, dass ich klein denke. Bloß nicht zu verrückt, bloß nicht zu emotional. ›Sibylle, du musst viel ruhiger werden.‹«

»Das ist doch Quatsch. So denke ich nicht. Ich will einfach nur, dass es dir gut geht.«

»Ja, auf deine Art. Du denkst, so wie du dein Leben lebst,

ist es gut für alle. Aber jeder Mensch braucht was anderes. Ich brauche etwas anderes als du, Mutti.«

»Willst du am Ende allein sein?«

»Ich habe keine Angst davor. Alleinstehend, so nennt man das nur bei uns. Was für ein schreckliches Wort. Weißt du, wie das in Amerika heißt? Da ist man ›Single‹ – einzeln. Da steht man nicht allein, da ist man einzeln und nicht mehrere. Und das war's.«

»Na gut, dass die Amerikaner ein Talent dafür haben, alles schönzureden, wissen wir. Die wissen halt, wie man 'ne Show macht.«

»Mann, in der DDR gab's ja nun wirklich genug alleinerziehende Mütter.«

»Sibylle, überleg dir das gut. Ich weiß nicht, ob du André wirklich verlassen willst.«

»Das weiß ich auch nicht.«

»Warum machst du dir selbst das Leben so schwer?«

»Ich will nicht, dass die Tage einfach so an mir vorbeiziehen. Und morgen fühlt sich an wie heute und heute so wie gestern. Und dann vergeht eine Woche und dann ein Monat und dann ein Jahr und dann ein Leben, und am Ende liege ich auf meinem Sterbebett und weiß gar nicht genau, was ich mit all den Jahren, die ich hatte, gemacht habe.«

»Ja, dann beschwer dich aber nicht, wie anstrengend alles ist! Und noch was will ich dir sagen, mein Kind, nur weil man etwas ruhiger macht, verschwendet man noch lange nicht sein Leben.« Christa nickte mit dem Kopf, wie um ihren Worten mehr Nachdruck zu verleihen.

Sibylle schaute sie mit einem Gesichtsausdruck an, den sie nicht ganz deuten konnte. Aber sie hatte das Gefühl, zu ihrer Tochter durchzudringen. Also sprach sie weiter: »Und sowieso, man sollte sich nicht immer nur auf den anderen konzentrieren. Lass André doch einfach mal André sein …«

»Mama, André hat mich gestern Abend …«, unterbrach Sibylle sie, verstummte dann aber mitten im Satz.

»André hat dich gestern Abend was?«

Sibylle schwieg, und als sie schließlich »Ach egal« sagte, nahm Christa das als Zeichen dafür, dass sie weitersprechen konnte. »Sibylle, mach deine Musik, kümmere dich um die Jungs. Und kriegt bloß nicht noch ein weiteres Kind.«

»Warum sagst du das denn jetzt?«

»Na ja, manchmal hast du ja so Ideen, aber glaub mir, das ist keine gute.«

»Ich hätte so gerne noch eine Tochter«, sagte Sibylle leise. »Und eigentlich habe ich immer von einer großen Familie geträumt. Du weißt, dass ich es gehasst habe, als Einzelkind aufzuwachsen. Ich habe dich und deine Schwestern immer sehr beneidet.«

»Ja, ich weiß. Aber du hast mir sehr viel abverlangt, du warst ein anstrengendes Kind. Und dann hab ich ja noch meine Schüler.«

Sibylle trank Kaffee und wich ihrem Blick aus. »Wenn ich mich um die Kinder kümmere, habe ich zumindest keine anderen Flausen im Kopf«, sagte sie schließlich. Mehr zu sich selbst als zu ihrer Mutter.

»Ich glaube, es wäre ein Fehler, noch mehr Kinder zu bekommen«, sagte Christa eindringlich. »Man kann eine Beziehung nicht damit retten.«

»Nee, so meine ich das auch nicht.«

»Du hast zwei gesunde, tolle Jungs. Das reicht. Hals dir nicht noch mehr auf. Es ist ja auch nicht so, dass du voll und ganz in diesem Muttersein aufgehst. Such dir lieber ein Hobby. Du hast doch früher gerne Volleyball gespielt.«

Sibylle schaute sie jetzt an, und in ihrem Blick lag etwas, was Christa wie Verzweiflung vorkam, aber vielleicht irrte sie sich auch, und ihre Tochter war einfach nur müde. Dann sagte Sibylle leise, mehr zu sich selbst als zu ihrer Mutter: »Ich fühle mich wie eingesperrt. Ich fühle mich, als wenn mir jemand die Luft abschnürt.«

In diesem Moment kam Friedrich zurück. Gott sei Dank, dachte Christa, denn sie wusste wirklich nicht, was sie ihrer Tochter noch sagen sollte. Mein Gott. Sie hatten doch alle mal Probleme. Im Leben, bei der Arbeit und ja, natürlich auch in der Ehe. Niemand war immer glücklich. Man durfte manchmal auch einfach nicht zu viel erwarten. Wahrscheinlich war das Sibylles Problem. Sie hatte zu hohe Erwartungen. Musste ja alles immer was Besonderes sein bei ihr. Es konnte nicht einfach ein Mann sein, den man kennenlernte und heiratete, nein, mindestens die große Liebe. Und große Hochzeit. Und all das Brimborium. Und großes Drama, wenn es mal nicht so lief.

Offene Ehe – was sollte das denn heißen? Früher hatte man einfach betrogen, mal hier, mal da, zack und gut war. Man musste nicht immer alles erzählen, manche Dinge gehörten unter den Teppich gekehrt. Und seinen Mann zu betrügen, gehörte zu diesen Dingen. Sie hatte das natürlich nie gemacht. Gott, das wäre ihr im Traum nicht eingefallen, sie hatte ja wohl genug zu tun. Mit Friedrich und Sibylle. Ihrer Arbeit. Einen Liebhaber konnte sie sich zeitlich gar nicht leisten. Bei dem Gedanken, dass sie, Christa Hoffmann, geborene Nickel, einen Liebhaber haben könnte, musste sie fast kichern. Da würde Friedrich gucken. Das würde ihn komplett aus der Bahn werfen. Beim Gedanken daran spürte sie eine merkwürdige Genugtuung, fast ein bisschen Lust. Sie schüttelte leicht die Schultern und überlegte, was ihr Ausgangsgedanke gewesen war. Der Punkt war doch: Wieso hatte ihre Tochter Zeit für solchen Blödsinn? Anscheinend war sie nicht ganz ausgelastet.

II

WAS VORHER, VIEL FRÜHER GESCHAH

»Warum lernen wir, ohne unsere Mütter zu leben?
Das scheint eine Lebensaufgabe zu sein,
dass wir uns um jeden Preis frei machen.
Aber ich will mich gar nicht befreien.«

Charlotte Gainsbourg

BILLIE

Bei einem früheren Besuch. Pauli war noch ein Baby. Abends wollte Billie eine alte Schulfreundin treffen. Ihre Mutter hatte wenig begeistert auf ihre Bitte reagiert, auf die Jungs aufzupassen, sich aber schließlich doch bereit erklärt – so war es ja immer, erst nein, ich muss dies, ich muss das, und am Ende half sie trotzdem. Beim Abschied sagte Christa dann plötzlich: »Komm nicht so spät nach Hause, es soll ein Gewittersturm aufziehen. Nicht dass dir noch was passiert auf dem Rad.«

Billie hatte sich Zeit gelassen. Sie hatte nicht nach Hause gewollt. Zu schön war es beim Wein, beim Schwelgen in Erinnerungen gewesen. Es hatte schon eine ganze Weile vor dem Balkon geblitzt und gedonnert, als sie sich endlich loseisen konnte und auf den Weg nach Hause machte. Der Wind war durch die großen, breiten Straßen gefegt. Straßen, deren Gehwege von zwölfstöckigen Häuserblöcken begrenzt waren, in deren Mitte die Tramlinie verlief wie eine Einflugschneise. Und irgendwo dazwischen Billie, auf dem Rad gegen den Wind ankämpfend. »Im Auge des Hurrikans gibt's keinen Sauerstoff«, das hatte Rex mal zu ihr gesagt. Es war einer der wenigen, nur kurz anhaltenden Momente, in denen sie über eine Trennung von André nachgedacht hatte. Und schon im selben Augenblick das Gefühl hatte, nicht mehr atmen zu können. Daran musste sie denken, als sie gegen den Orkan anstrampelte. Die letzten Meter in ihrer kleineren Straße hatte sie begonnen zu schieben, der Wind war einfach zu stark gewesen. Und als sie in ihren Häusereingang eingebogen war, ging ihr Blick nach oben. Dort am Fenster, vierter Stock rechte Seite, hatte ihre kleine Mutti hinter der Gardine gestanden. Hatte gewartet, bis sie nach Hause kam. Gut und sicher nach Hause kam. Das hier würde immer ihr Zuhause sein. Ihre Mutti immer ihre Mutti. Und diese Gedanken hatten ihr die Tränen in die Augen getrieben.

CHRISTA

Bei einem früheren Besuch. In Berlin, bei Sibylle. Das war noch vor André. Während des Studiums. In ihrem kleinen Zimmer in einer großen Berliner Wohnung, in der es immer kalt war und ein wenig feucht roch. Und plötzlich war Friedrich krank geworden. Und sie genervt, weil seine Krankheit ihnen nun die ganze, eh schon kurze Zeit bei ihrer Tochter versaute. Er hatte Fieber, Halsschmerzen und Husten, und sie wollte nicht, dass sich Sibylle ansteckte, weil sie ein paar Tage später eine Gesangsprüfung hatte. Und Sibylle hatte gesagt, ihr ruht euch hier aus, ich ziehe zu einer Freundin. Welche Freundin das genau war, wusste Christa nicht. Sie hatte natürlich nicht nachgefragt. Was sie später ein wenig bereute, denn eigentlich hätte sie es schon gerne gewusst.

»Vielleicht kommst du abends noch mal vorbei, und wir trinken ein Glas in der Küche, weit weg von der Virenschleuder?«, hatte Christa Sibylle vor ihrem temporären Auszug noch gefragt. Und Sibylle hatte »Ja, vielleicht« gesagt und war dann doch nicht wiedergekommen. Am nächsten Vormittag erzählte sie dann ganz nonchalant, in einem Nebensatz, dass sie mit einem Typ ausgegangen war. Und es war nicht mal jemand, den sie schon kannte, sondern ein ganz neuer Mann. Und alles, was Christa denken konnte, war, sie trifft lieber einen Unbekannten, einen völlig Fremden, als mich.

III

WAS GESCHAH UND NICHT GESCHAH

Du kannst dich verstecken.
Du kannst weglaufen.
Und dann ist da dieses Gefühl,
wenn du dich selbst einholst.

BILLIE & CHRISTA

»Ich hab heute Morgen meine Tage bekommen.« Billie verzog ihr Gesicht.

Christa seufzte. Wollte sie den Ausflug deswegen jetzt absagen? »Wir fahren langsam, Sibylle. Sind ja nicht auf der Flucht.«

Billie schaute ihre Mutter skeptisch an. Legte die Hand auf ihren Unterleib, alles dort unten fühlte sich wie eine einzige große Wunde an. Eigentlich hatte sie gar keine Lust, sich auf ein Fahrrad zu setzen. Der harte Sattel unter dem, was sich anfühlte wie ein Loch voller Schmerzen, dazu die wehenähnlichen Krämpfe, das herauslaufende Blut, das viel wahrscheinlicher Flecken in ihrer Hose hinterlassen würde, wenn sie sich dauernd bewegte, die allgemeine Erschöpfung – wie sollte sie in diesem Zustand Fahrrad fahren? Und noch dazu stundenlang? In letzter Zeit hatte sie immer öfter mit starken Periodenschmerzen zu kämpfen. Sie kannte das eigentlich nur aus ihren Jugendjahren. Aber seit den Geburten konnte sie nicht nur keine Tampons mehr benutzen (das Blut lief einfach an dem Baumwollpfropfen vorbei, es war zum Verrücktwerden), sondern sie hatte plötzlich auch schlimmere Regelschmerzen als je zuvor. Na ja, sie würde einfach eine Schmerztablette nehmen, und dann ging das schon. Eigentlich freute sie sich ja auf den Ausflug mit ihrer Mutter. Ein bisschen radeln, ein bisschen Meer sehen. Keine Kinder. Kein André, dem sie seit seinem nächtlichen Übergriff weitestgehend aus dem Weg ging. Und ihr Vater, der, so schien es ihr, immer mürrischer wurde, wäre auch nicht dabei.

»Mutti, lass uns gegen elf Uhr losfahren. Ich lege mich noch ein halbes Stündchen hin, und dann bin ich fit.«

Christa nickte. Halbherzig fragte sie noch: »Brauchst du was?« Aber Billie winkte ab. Christa atmete tief ein. Sie würden zusammen Mittag essen. Wein trinken. Auf die Ostsee schauen. Alles war gut. Sie sah Billie hinterher, die in das erste Zimmer am Flur ging, nein, die sich dorthin schleppte. Langsam und leidend. Eine Hand auf ihren unteren Rücken gelegt. Immer so dramatisch, ihre Tochter. Dann ging Christa zurück in die Küche, während Billie auf das Sofabett fiel und die Augen fest schloss.

Sie hatte nicht lange geschlafen, und irgendwie waren zu den Bauchkrämpfen und diesem dumpfen Wundengefühl dort, wo sich ihre Vulva befand, nun auch noch Kopfschmerzen gekommen. Aber Billie zwang sich trotzdem aus dem Bett. Zog eine frische Hose an, weil sie die andere, wie erwartet, mit Blut verschmiert hatte. Rollte das schmutzige Kleidungsstück fest zusammen, damit André es auf keinen Fall zu sehen bekam. Er konnte ihr ja nicht einmal Binden kaufen, so unangenehm berührte ihn das Thema. Dann verabschiedete sie sich von den Jungs, von André und von ihrem Vater, der heute irgendwie besser drauf war, so viel besser gelaunt, dass sie es fast schade fand, dass er nicht mitkam. Ihre Mutter stand bereits unten am Fahrradkeller. »Ich habe dir dein Rad schon rausgeholt, Süße«, flötete sie, und Billie spürte eine Welle der Wärme durch ihren Körper fließen.

Sie fuhren los, entlang der Straßen, in denen Billie aufgewachsen war. Erst durch das Fischerdorf, dann Lütten Klein, Lichtenhagen, vorbei an dem Hochhaus mit der gelben Sonnenblume, weiter in Richtung Diedrichshagen. Ihre Mutter immer einige Meter voran, was sie irgendwann so sehr nervte, dass sie gegen den, je näher sie dem Meer kamen, immer stärker werdenden Wind anbrüllte: »Mama, kannst du mal bitte etwas langsamer fahren? Ich komme kaum hinterher.«

Ihre Mutter antwortete etwas, was wie »Meine Güte, du schleichst aber auch« klang, und Billie biss sich auf die Unterlippe. So fuhren sie eine ganze Weile, Christa voraus, Billie hinterher, und beide dachten, dass sie sich das irgendwie anders vorgestellt hatten.

In Billie krampfte sich mittlerweile alles zusammen. Sie saß jetzt seit gut zwanzig, vielleicht dreißig Minuten auf dem Rad und konnte nicht mehr. Sie hatte keine Lust mehr auf diesen Ausflug, wollte das Fahrrad irgendwohin werfen und sich selbst dazu. »Warum müssen wir denn überhaupt bis nach Börgerende?«, rief sie gegen Wind und Erschöpfung an, aber ihre Mutter hatte inzwischen einen riesigen Vorsprung, und die Entfernung verschluckte alle Worte. »Mutti, nun warte doch mal!«, schrie Billie, auch wenn es nichts brachte. Sie trat in die Pedale. Der Wind brannte ihr im Rachen. Ihre Kondition war nie besonders gut gewesen, Billie war eine Kurzstreckenläuferin. Und darin war sie hervorragend, schnell und präzise. Aber die lange Strecke war nichts für sie. Sie konnte sich nicht so lange am Stück anstrengen. Ihren Körper über einen längeren Zeitraum so herausfordern. Sie hatte weder die Geduld noch die Ausdauer. Ihre Mutter drehte sich nicht einmal um. Gott, wie sie das hasste. Diese latente Rücksichtslosigkeit, die immer mitschwang. In allem, was ihre Mutter tat. Dieses »Funktioniere gefälligst, oder ich bin weg«. Was für ein Druck, was für ein unendlicher Druck.

Ein paar endlos wirkende Minuten später hatte sie Mutti endlich eingeholt. »Jetzt ras doch nicht so!«, rief sie nochmals, und es klang wütender, als sie beabsichtigt hatte. Oder vielleicht genau richtig. Sie war daran gewöhnt, Streitigkeiten mit Vati eskalieren zu lassen. Mit Mutti nicht. Was, wenn sie es einmal darauf ankommen ließe? Eine richtige Explosion. Billie stöhnte erschöpft.

»Du, ich will irgendwann auch mal ankommen!«, rief Christa zurück. »Wir haben vorhin schon so getrödelt.«

»Wir haben nicht getrödelt, wir haben den Weg genossen.«

»Man muss nicht alle zwei Minuten anhalten, um den Weg zu genießen. Im Gegenteil.«

»Mutti, wenn mir kalt ist und ich meinen Pulli anziehen will, dann halte ich eben an.«

»Man muss auch nicht immer jedem kleinsten Bedürfnis sofort nachgeben. Wenn man kurz mal ein paar schattige Meter entlangfährt und sofort etwas anziehen muss, und dann kommt wieder eine sehr sonnige Strecke, und man muss sich wieder ausziehen … Das ist doch Quatsch. Ich bitte dich.«

»Der Weg ist doch das Ziel.«

»Das Ziel ist das Ziel.«

»Was habe ich denn davon, endlich am Ziel angekommen zu sein, wenn ich den ganzen Weg, der ja zeitlich viel mehr ausmacht als der kurze Moment des Ankommens, gehasst habe? Was ist denn das für eine Lebensphilosophie, den Weg nicht zu genießen, sondern nur das Erreichen des Ziels? Das ist verschwendete Lebenszeit.«

»Mein Kind, da gehen unsere Meinungen, wie so oft, auseinander.«

»Aber du könntest ja auch mal über das nachdenken, was ich dir sage. Vielleicht habe ich ja ausnahmsweise mal nicht ganz unrecht.«

Christa hielt plötzlich an und stieg vom Fahrrad. Billie tat es ihr irritiert nach.

»Sibylle, gibt es eigentlich irgendetwas, was ich aus deiner Sicht richtig mache?«

»Hä? Wie kommst du denn jetzt darauf?«

»Du kommst hier ein paarmal im Jahr in unser Leben geschneit«, sprach sie weiter, während sie den Lenker ihres Fahrrades so festhielt, dass sich die Knöchel ihrer Hände langsam weiß färbten, »und willst immer alles auf den Kopf stellen. Alles an unserem Leben ist dir zu klein, zu groß, zu falsch, zu richtig. Alles, was ich tue, bewertest du und beziehst es auf dich. Und dabei scheinst du mich für ziemlich viel Schmerz, den du empfindest, verantwortlich zu machen. Deswegen frage ich dich: Gibt es auch irgendetwas, was ich richtig gemacht habe als deine Mutter? Irgendetwas, was du mit deinen Söhnen nicht völlig anders machen willst?«

Jetzt schob Christa langsam das Fahrrad weiter. Billie sah ihr erstaunt nach. Sie hatte nicht gedacht, dass ihre Mutter ihre Feindseligkeit tatsächlich so deutlich spürte. Billie war so fest davon überzeugt gewesen, dass Christa sie nicht sah, sie nicht wirklich wahrnahm. Weder ihre Wut noch wer sie wirklich war. Sie hatte völlig vergessen, dass ihre Mutter sie trotz allem sehr gut kannte. Dass ihre Mutter ihre Mutter war. Der Schoß, in dem sie saß, seitdem sie geboren worden war.

»Natürlich machst du viele Sachen richtig … Hast du viele Sachen richtig gemacht …«, sagte Billie völlig verdattert. Dieser offene Angriff traf sie völlig unvorbereitet. Solche Überfälle waren in der Familie bisher immer nur von ihrem Vater gekommen. Ihre Mutter machte bissige Kommentare, kurz und leise, sodass man sich manchmal fragte: Hat sie das gerade wirklich gesagt? Aber dass sie so offen über ihre Gefühle sprach, dass sie so offen einen Konflikt aufbrach – nein! Das hatte Billie noch nie erlebt.

Christa schnaufte, stieg wieder auf ihr Rad und fuhr los. Billie schüttelte, immer noch verdutzt, den Kopf und folgte ihr dann einen kurzen Moment später. Sie fuhren in etwas gemäßigterem Tempo nebeneinanderher. Meter um Meter, bis sie endlich die Ostsee sahen.

Sie begannen, sich über Unverfänglicheres zu unterhalten. Irgendwann kamen sie auf die Kinder zu sprechen. André hatte in letzter Zeit immer öfter Sorgen geäußert, dass der Große zu unsicher sei, zu wenig Selbstbewusstsein habe. Eine Eigenschaft, in der André, so glaubte Billie zumindest, sich selbst schmerzhaft erkannte. Ihr hingegen fiel der Umgang mit Sascha, den sie als lieben, hilfsbereiten und großzügigen Jungen empfand, oft viel leichter als der mit Pauli, in dem sie sich zwar selbst zu hundert Prozent wiedererkannte, aber der sie – vielleicht deswegen? – bis aufs Blut reizen konnte. Billie hatte das Bedürfnis, das Thema mit ihrer Mutter zu besprechen.

»Also um Sascha mache ich mir eigentlich gar keine Sorgen. Der ist doch ein lieber Junge. Halt ein bisschen sensibel …«, sagte Christa ohne Zögern.

»Aber?«, fragte Billie, wohlwissend, was Christa jetzt sagen würde.

»Pauli, Pauli ist so anstrengend.« Christa seufzte.

Klar. Das war ja auch das Kind, was ihr, Billie, am ähnlichsten war.

»Was Pauli nicht will, das macht er nicht. So einfach ist das mit ihm«, sagte Billie in einem Ton, der keinen Widerspruch zuließ, und redete dann weiter, als sie das skeptische Gesicht ihrer Mutter sah. »Man kann auch nicht mit ihm verhandeln. Im letzten Jahr ist es ein bisschen besser geworden. Aber im Grunde genommen macht er immer nur, was er will. Er ist einfach zu einhundert Prozent sein eigener Herr.«

»Das kann aber noch sehr anstrengend werden, wenn er größer wird … Da könnt ihr euch auf was gefasst machen.«

»Also anstrengender als Pauli als Baby geht nicht. Ich glaube, schlimmer wird's nicht noch mal …«

»Na, da täuschst du dich aber.«

Billie überlegte einen Moment. Es nervte sie, dass ihre Mutter so eine schlechte Prognose über ihren Sohn abgab. Ihn jetzt schon zum Problemjugendlichen machen wollte.

»Aber eigentlich ist das das Tollste an ihm. Er ist unterhaltsam und lustig und schlagfertig, und Mann, ist der Junge schlau und gewitzt. Aber das Beste an ihm ist eigentlich, dass er sich nicht einschüchtern lässt. Egal wie sehr man ihn zur Schnecke macht. Das interessiert den gar nicht. Er ist furchtlos.«

Während sie das erzählte, erinnerte sie sich an das eine Mal, als sie diese Stärke ihres kleinen Sohnes ein bisschen gebrochen hatte. Sie hätte es fast erzählt in diesem Moment, in dem das Gespräch mit ihrer Mutter so offen vor sich hin lief, hielt sich dann aber doch zurück. Aus Scham. Und weil sie Christa nicht vertraute. Aber vor allem aus Scham über das, was passiert war. Und weil sie ihrer Mutter nicht die Genugtuung geben wollte, dass sie mit diesem Kind, welches Christa als so anstrengend darstellte, ebenfalls überfordert war. In Gedanken aber erlebte sie jetzt alles noch mal.

Es war einer dieser Abende, an denen Billie die Kinder allein hatte. André war im Studio gewesen, sie müde und gereizt wegen irgendetwas anderem, von dem sie nicht mehr wusste, was es war. Auch Sascha war müde gewesen und eigentlich schon am Einschlafen, als Pauli plötzlich anfing, Terror zu machen. War es, weil er auf einmal wieder eine Flasche Milch wollte, obwohl sie damit längst aufgehört hatten? Oder schrie er, weil sie nur eine Gutenachtgeschichte vorgelesen hatte, er aber zwei hören wollte? Sie wusste es nicht mehr. Und die Wahrheit war, es spielte keine Rolle. Pauli fand eh immer was. Egal wie sehr Billie versuchte, alles richtig zu machen, die Stimmung mit ihm positiv und gut zu halten, irgendwann machte sie einen Fehler. Irgendwann verlangte er etwas, was sie ihm nicht gab, und dann rastete Paul aus. So auch an diesem Abend. Was sie noch wusste, war, dass sie natürlich erst versucht hatte, ihn zu beruhigen. Sie hatte ihn umarmt, ihm erklärt, dass er jetzt schlafen müsse, dass Sascha, der neben ihm lag, auch schon ganz müde sei. Aber Pauli hatte in voller Lautstärke weitergebrüllt. Dann hatte sie ihm gedroht. Mit allen möglichen Dingen, mit Strafen, die ihn nicht interessierten. Und dann war sie ausgerastet.

»Du willst nicht schlafen?«, hatte sie gebrüllt. »Na dann nicht!« Sie hatte ihn in seinem Schlafanzug aus dem Bett gezerrt und ins dunkle Wohnzimmer geschubst, die Tür mit einem Rumms hinter ihm zugeknallt und ihn allein in dem dunklen Raum zurückgelassen. Dann war sie zurück zu Sascha gegangen. Von dort hatte sie Paulis Brüllen gehört. Eine ganze Weile hatte sie es ignoriert und Saschas Hand gehalten. Das geschieht ihm recht, hatte sie, beim Gedanken an Paul allein in dem dunklen Wohnzimmer, zu sich selbst gesagt. Irgendwann war Paulis Brüllen verebbt und hatte sich in ein leises Wimmern verwandelt. »Es ist mir unheimlich«, hatte er geweint, »es ist mir unheimlich.« Und erst da war sie aus ihrem Wuttunnel wiederaufgetaucht. Erst in dem Moment hatte sie sich erinnert, dass dort nebenan in diesem finsteren Raum ihr kleiner Sohn hockte und weinte. Dass sie ihren kleinen Kämpfer gebrochen hatte. Auf dem Weg zum Wohnzimmer war sie fast gestolpert, so schnell war sie gerannt. Mann, sie hatte doch selbst Angst in der Dunkelheit! Sie hatte ihn auf den Arm genommen und auch angefangen zu weinen. »Es tut mir leid, Pauli, es tut mir so leid. Es tut mir so leid. Das war nicht okay. Bitte verzeih mir. Es tut mir so leid.«

Als sie nur Sascha hatte, wäre ihr so etwas niemals passiert. Aber zwei Kinder hatten sie von Anfang an überfordert. Sie war ihrer Mutter Tochter. Es gab schon einen Grund, warum die nur ein Kind zur Welt gebracht hatte, auch wenn Billie das immer als egoistisch und irgendwie auch verletzend empfunden hatte. Aber in Wahrheit war Billie genauso egoistisch, und ihre Überforderung und Hilflosigkeit mussten nun ihre Kinder ausbaden. Sie hätte bei dem Gedanken an diesen Abend, daran, was für einen furchtbaren Fehler sie damals gemacht hatte, wie sehr sie in diesem Moment an sich selbst gescheitert war und ihrem Kind seelische Schmerzen zugefügt hatte, am liebsten wieder wie ein Schlosshund losgeheult. Und am liebsten wäre sie sofort zurück zu Pauli geradelt und hätte ihn umarmt. Sie vermisste ihn auf einmal schrecklich. Ihren kleinen starken Sohn mit dem großen eigenen Willen. Sie seufzte und parkte ihr Fahrrad an dem Baum, an dem ihre Mutter gerade ihres abgestellt hatte.

»Komm, wir laufen noch ein wenig die Steilküste entlang«, sagte Christa und rannte auch schon los.

Billie hatte Probleme hinterherzukommen. »Nun renn doch nicht so, Mutti.«

Gerade als sie das kleine Waldstück durchquerten, fing es an zu regnen. Und kurz darauf donnerte und blitzte es auch schon. Hastig liefen sie zurück und fanden Unterschlupf in dem Restaurant, in das Christa von Anfang an gewollt hatte.

Alles lief nach Christas Plan, und trotzdem nagte die Unzufriedenheit an ihr. Sie hatte einen kurzweiligen Ausflug mit ihrer Tochter machen wollen, aber schon jetzt fühlte sich alles zwischen ihnen schwer an. Wie Blei hing das Gesagte in der Luft und dazwischen noch schwerer all das Ungesagte. Gewitterluft, draußen wie drinnen. Christa wusste, wenn es hier hart auf hart käme, hätte sie ihrer Tochter noch viel mehr zu sagen. All die Dinge, die jahrelang nicht ausgesprochen worden waren, hatten sich zwischen ihnen zusammengebraut wie eine große schwarze, schwere Wolke, und sie redeten immer nur drumherum.

Christa bestellte einen Weißwein. Billie tat es ihr nach. Sie aßen mehr oder weniger schweigend, ab und zu kommentierten sie den einen oder anderen Gast im Raum. Christa fragte: »Wann wollt ihr denn am Dienstag fahren?« Und Billie dachte, sie hält es gar nicht aus, mit mir hier zu sitzen, ohne bereits meine Abreise zu planen. Sie unterhielten sich über Nichtigkeiten, Billie fragte nach ihren Tanten, nach der Freundin ihrer Mutter, mit der sie öfter nach der Arbeit zum Sport ging. Aber sie merkte ihrer Mutter an, dass sie nicht in Plauderstimmung war. Nicht dass sie das jemals war. So gut sie tausendfach die gleichen Instruktionen wiederholen konnte oder sich auf die detaillierte Planung von Ankünften und Abfahrten versteifte, so wenig erzählte Christa von sich selbst. Das fiel Billie in diesem Moment zum allerersten Mal auf.

Sie bestellten noch einen Wein. Billie versuchte es mit den großen Themen, bei ihrem Vater funktionierte das immer gut: der Mauerfall, den sie getrennt voneinander erlebt hatten, der Zusammenbruch des ganzen Systems, der darauf folgte. Wie überraschend es war, dass die Sowjets das alles einfach so geschehen ließen. Die Währungsreform, die vielen Arbeitslosen, der wachsende Fremdenhass. Ihre Mutter ging nur zögerlich darauf ein. Eigentlich hatte Christa keine Lust auf diese Art von Gespräch. Sie war erschöpft, sie wollte hier einfach nur sitzen, ein paar Gläser Wein trinken und über die anderen Leute lästern.

»Sie werden alles abschaffen«, sagte sie dann doch und nahm einen Schluck aus ihrem Weinglas. »Auch die guten Sachen. Den Haushaltstag zum Beispiel. Du, ich hab die Politiker schon darüber diskutieren hören. Du warst ein Jahr alt, als der Haushaltstag eingeführt wurde, und der hat mir immer wenigstens einmal im Monat ein bisschen Zeit gegeben, um die Dinge zu tun, die sonst hinten runtergefallen wären. Fenster putzen, Schrank aufräumen, so was. Aber nein, der soll weg. Dabei ist doch nicht alles schlecht hier! Guck dir zum Beispiel mal an, wie viele betriebliche und städtische Kindergärten wir haben. Ich habe gehört, im Westen gibt's das gar nicht. Da sind wir denen doch meilenweit voraus. Die meisten Frauen arbeiten dort nicht einmal. Hausfrau und Mutter, so nennen die sich. Was soll das denn heißen? Wir sind doch auch Hausfrauen und Mütter und arbeiten trotzdem.«

Christa genoss es plötzlich, auch mal ihre Meinung zu sagen, ohne dass Friedrich ihr ständig dazwischenquatschte und das Gespräch an sich riss. Sie beobachtete Sibylle, die bei ihrem zweiten Glas schon etwas angetrunken wirkte und nun anfing, über alle möglichen Dinge zu kichern. Und Christa stimmte ein. Auch wenn sie selbst sich noch stocknüchtern fühlte, tat sie so, als wäre sie auch ein bisschen beschwipst. Christa wurde eigentlich nicht betrunken. Sie konnte sich nicht erinnern, jemals so richtig besoffen gewesen zu sein. Es brauchte ja Ewigkeiten, bis sie überhaupt beschwipst war. Auf den Geburtstagsfeiern mit ihren Schwestern, wenn sie alle herumgrölten, wild tanzten und so viel lachten, dass ihr der Bauch davon wehtat, ja, da konnte man vielleicht sagen, dass sie einen im Tee hatte. Aber betrunken, so wie Friedrich, der es dann oftmals nicht einmal mehr in sein Bett schaffte – nein, so etwas passierte ihr nicht.

»Möchtest du noch einen Nachtisch?«, fragte sie ihre Tochter, auch wenn sie wusste, dass Sibylle kein Fan von Nachtisch war, aber Christa hätte gerne einen geteilt, und Sibylle sagte: »Wir nehmen, was du möchtest, Mutti.«

»Und noch einen Wein?«

Als sie das Restaurant verließen, hatte es aufgehört zu regnen, aber der Boden war matschig, und die Luft fühlte sich feucht und kühl an. Sie versuchten, möglichst leichtfüßig mit ihren Sandalen den Schlamm zu überwinden. Kichernd hakte Billie sich in Christas Arm ein. Die Stimmung war plötzlich wieder gelöst, und beide waren froh darüber. Sie stiegen auf ihre Räder, und Billie fiel mit ihrem beinahe um. Sie lachte und rief dann, viel zu laut: »Mann, bin ich besoffen.«

Ihre Mutter lachte: »Mensch, Kind, da geht man einmal mit dir 'n Weinchen trinken!«

Sie waren gerade einmal ein paar Hundert Meter an der Küstenlinie entlanggefahren, als es passierte. Rückblickend wusste Christa nicht mehr, wie. Und Billie wusste es auch nicht. Aber als sie durch den Gespensterwald von Nienhagen fuhren, geriet Billie irgendwie mit ihrem Rad zu nah an den Rand der Steilküste. Sie verlor das Gleichgewicht und rutschte plötzlich ab. Die Steilküste war an dieser Stelle nicht besonders hoch, aber doch hoch genug, dass man sich ernsthaft wehtun konnte. Vor allem wenn man wie Billie das Fahrrad nicht losließ.

»Sibylle!«, rief Christa und stieg von ihrem Rad. Sie sah ihrer Tochter nach, die langsam, wie in Zeitlupe, mit dem Fahrrad den Abgrund entlangglitt. »Sibylle, was machst du denn da?«

»Was ich hier mache? Was ist denn das für eine bekloppte Frage? Ich fliege gerade mit dem Fahrrad die Steilküste runter!« Endlich ließ Billie das Fahrrad los, blieb schließlich an einem Busch hängen, und erst da fühlte sie den stechenden Schmerz im Knöchel. »Ich glaube, ich hab mir den Knöchel gebrochen!«, rief sie zu ihrer Mutter hoch. Tränen stiegen ihr in die Augen. Ihr ganzer Körper war ein einziger großer Schmerz.

»Meine Güte, jetzt übertreib doch nicht gleich wieder so. Das ist doch hier gar nicht so steil. Du hättest einfach nur das Fahrrad loslassen müssen. Und wie bist du da überhaupt abgerutscht? Meine Güte. Du machst aber auch immer Sachen, so was schaffst nur du.«

Billie biss sich auf die Lippe. Das war's. Es reichte. Sie wollte weinen. Jetzt hier auf der Stelle. Weinen und schreien. All die Enttäuschung endlich einmal rauslassen. Das dort oben war ihre Mutter! Die Frau, die ihren Körper in ihrem eigenen gebaut und sie dann auf die Welt gebracht hatte. Wenn sie dieser Frau nicht vertrauen konnte, wem auf der ganzen Welt konnte sie dann vertrauen?

»Sag mal, merkst du eigentlich noch was?«, schrie Billie in Christas Richtung und spürte, wie ihr die Tränen in Strömen die Wangen runterliefen. »Wie kannst du nur so gemein sein? Und das, während ich hier offensichtlich verletzt und mit Schmerzen liege! Was stimmt bloß nicht mit dir?«

Christa schaute einen Moment lang unsicher auf ihre Tochter hinunter. Sie überlegte. Welche Richtung sollte sie nun einschlagen? Wie sollte sie darauf reagieren? Sie entschied sich für Vergeltung.

»Was stimmt nicht mit mir? Was stimmt nicht mit dir? Meine Güte, immer musst du irgendein Drama anzetteln. Kannst du nicht einfach mal ruhig und zufrieden sein?«

»Ich zettle ein Drama an, weil ich einen Unfall habe?«

»Alles an dir ist Drama. Deine Kinder, dein Muttersein, mit dem du nicht klarkommst. Dein Mann, mit dem offensichtlich auch irgendetwas nicht mehr stimmt. Mensch, wir müssen doch alle irgendwie mit dem Arsch an die Wand kommen. Du bist nichts Besonderes, Billie! Du bist wie alle anderen. Komm einfach mal klar!«

Da schrie Billie los. Sie schrie wie ein Tier. Sie schrie vor Schmerz, vor Wut, vor Enttäuschung, sie schrie das Gefühl heraus, von dem Menschen, der sie auf diese Welt gebracht hatte, nicht verstanden zu werden. Es war ihr egal, dass ihre Mutter das alles hörte. Sah. Abbekam. Ihren Schmerz, ihre Wut, ihre Verrücktheit, all diese Gefühle, die sie gewöhnlich in ihrer Gegenwart zu verstecken versuchte, weil sie ja wusste, dass ihre Mutter sie ohnehin schon zu anstrengend fand. All das war ihr in diesem Moment egal.

Und so brüllte sie: »Ich kann doch auch nichts dafür, dass ich so bin, wie ich bin! Ich fühle alles so doll. Ich kann Dinge nicht einfach ignorieren. Ich kann nicht so tun, als wäre nichts. Als würde ich das alles nicht fühlen. Mama, ich bin am Ende. Es ist so schwer, Mutter zu sein. Meine Arbeit geht den Bach runter. Und André liebt mich schon lange nicht mehr, oder er liebt mich auf die falsche Art und Weise. Und du, du bist manchmal der gemeinste Mensch der Welt! Dabei bist du meine Mutter. Verdammt noch mal! Wenn du mich nicht magst, wer soll mich dann mögen? Ich brauche dich! Ich brauche dich doch!«

Die Worte brachen aus ihr heraus, sie konnte sie nicht mehr zurückhalten. Da hatten sie den Salat. Die ganzen letzten Tage, ach was, Jahre hatte sich Billie zusammengerissen. Hatte die bissigen Kommentare heruntergeschluckt. Die vielen kleinen Gemeinheiten. Tausende kleine Gemeinheiten über Tausende Momente verteilt.

Jahrelang hatte Billie das ignoriert, es nicht wahrhaben wollen. Klar, abends hatte sie mit angezogenen Beinen auf dem Klodeckel gesessen, erst allein und später, wenn sie mit André zusammen zu Besuch kam, während er die Kinder badete. Und sie hatte oft Rotz und Wasser geheult über die vielen kleinen Stiche, über das Gefühl des Nichtgeliebtwerdens, die schlimmste Form der Einsamkeit: »Sie stehen niemals auf meiner Seite. Bei jedem Besuch denke ich, dieses Mal wird es anders. Und jedes Mal wieder brechen sie mir mein Herz.« Aber trotzdem hatte sie jahrelang den Großteil ihrer Wut und Enttäuschung auf ihren Vater projiziert. Ihr Vater mit seinen Ausrastern, mit seiner Ungeduld und den hasserfüllten Meinungen hatte viele Jahre den Konflikt mit ihrer Mutter überdeckt. Ihr Vater mit seinem, »Billie, bist du zu blöd?«, »Billie, 'ne Schönheit biste nicht« und »Billie, das Lied, was du da geschrieben hast, war nicht so doll. Du solltest lieber …«. Da hatte sie sich doch an ihre Mutter halten müssen. Die ganzen Jahre hatte Billie sich an ihrem Vater abgearbeitet. An den Dingen, die so offensichtlich falsch an ihm waren. An seiner Dominanz, seinen schrägen Ansichten. Seiner Wut. Seiner Egozentrik. Und währenddessen hatte sie immer gedacht, mit Mutti, mit Mutti ist aber alles gut. Weil mit Mutti alles gut sein musste. Sie hatte sonst niemanden gehabt. Keinen Bruder, keine Schwester. Nur sie allein und zwei Erwachsene.

»Ich habe gedacht, du und ich, wir sind wie Pech und Schwefel!«, brüllte sie weiter die Steilküste an, von deren Kante ihre Mutter immer noch voller Unverständnis zu ihr heruntersah. »Ich habe gedacht, du bist meine beste Freundin. Und dann hab ich dich auf einmal mit Sascha und Pauli gesehen, und plötzlich schien es mir, als würde ich meine eigene Kindheit noch mal erleben. Nur dieses Mal als Beobachterin. Und da hab ich alles kapiert. Wie oft du mich ignoriert, meine Gefühle abgewürgt, meine Bedürfnisse ins Lächerliche gezogen hast. Da habe ich auf einmal kapiert, dass du mich vielleicht liebst, so wie eine Mutter eben ihr Kind liebt, aus Pflichtbewusstsein und wahrscheinlich auch aus einer Mutterliebe heraus, die wir nun einmal empfinden als Mütter, aber dass du mich gar nicht besonders leiden kannst. Mit all meinem *Drama* und all meiner *Gier* nach Leben, bei der ich immer das Gefühl habe, dass du sie verachtest. Und dann fiel mir plötzlich auf, dass du eigentlich immer nur dann wirklich nett zu mir bist, wenn wir beide allein sind. Wenn andere dazukommen, egal ob André, deine Schwestern, meine Lehrer oder auch nur ein verdammter Kellner, liebst du es, mich vor diesen Leuten klein zu machen. Warum denn nur? Fühlst du dich dann größer? Findest du meine Gegenwart, meinen Charakter so bedrohlich, dass du mich vor anderen Menschen heruntermachen musst, um dich selbst aufzuwerten? Schämst du dich für mich? Mutti, warum stehst du denn nie auf meiner Seite? Warum, verdammt noch mal, stehst du nie auf meiner Seite?« Billie schrie um ihr Leben.

»Was für ein Quatsch, Sibylle! Was für ein unendlicher Unsinn! Ich stehe immer auf deiner Seite. Ich stehe immer nur auf deiner verdammten Seite! Wen habe ich denn sonst? Du bist meine Tochter. Alles hab ich für dich getan. Alles! Wenn du traurig warst, war ich traurig. Wenn du Probleme hattest, habe ich tagelang nicht geschlafen. Mein ganzes Leben dreht sich um dich. Und jetzt tust du so, als hätte ich dich ständig verraten und verkauft? Jetzt tust du so, als hättest du die schlimmste Kindheit gehabt? Als würde ich dich schlagen oder quälen. Wie kommst du denn nur auf solchen Unsinn? Hat dir das diese Quacksalberin von Therapeutin eingeredet?«

Billie antwortete nicht. Sie dachte an Etty, der sie gestern einen langen Brief geschrieben hatte, über den Abend mit André, über seine Vorwürfe. Über ihren Streit. Darüber, dass sie nicht wusste, wie es mit ihnen weitergehen sollte. Das Ende des Abends, auf der Schlafcouch, hatte sie jedoch selbst Etty gegenüber nicht erwähnt. Was da passiert war, konnte sie nicht aussprechen. Das wollte sie einfach nur vergessen.

Christa nutzte Billies Schweigen, um nun ebenfalls Dampf abzulassen, wobei sie natürlich nie so herumgeschrien hätte wie ihre Tochter. Das war einfach nicht ihre

Art. Hatte sie auch immer wahnsinnig gemacht, dass Sibylle so ein lautes Kind gewesen war. Das hatte sie natürlich von Friedrich. Dieses Herumgebrülle. Als würden die denken, wer am lautesten schreit, hat recht. »Und eines will ich dir mal sagen, mein Kind, es ist nicht so, dass du jemals groß auf meiner Seite gestanden hättest, mir jemals groß dafür gedankt hättest, was ich für dich getan habe. Dich hat immer nur dein Vater interessiert, er spielte die Hauptrolle, in deinen Kurzgeschichten und in jedem deiner Lieder. Du warst ein Mutterkind, wenn es darum ging, wer sich um dich kümmert. Aber wenn es darum ging, wer dich zu dieser Künstlerin gemacht hat, die du ja immer so unbedingt sein wolltest, hast du mich nie mit nur einem Wort erwähnt. Als wäre ich das Personal, aber keine Inspiration. Du hast auch immer klar und deutlich gemacht, wie wenig du mich für meinen Werdegang respektierst. Das war dir immer alles viel zu klein. Lehrerin sein. Das fandest du piefig. Dabei habe ich mindestens genauso hart gearbeitet wie dein Vater und mich nebenbei auch noch um den Haushalt und dich gekümmert!«

»Aber das ist doch auch absurd! Das ist deine eigene Schuld! Dass du Vati nicht mehr in die Pflicht nimmst! Warum bist du mit mir immer so streng gewesen, und ihm hast du alles durchgehen lassen? Die Faulheit zu Hause? Die Ausraster? Das Gesaufe?«

In diesem Moment beschloss Christa, sich zu ihrer Tochter hinuntergleiten zu lassen. Sie stellte ihre Tasche mit dem

Honig ab, rutschte langsam in Billies Richtung und hockte sich neben sie, nachdem sie ihre Jacke auf dem nassen Sand ausgebreitet hatte.

»Wie kommst du darauf, dass ich dich nicht mag? Ich hab dir mein ganzes Leben gewidmet! Ich tue alles für dich! Wir unterstützen dich sogar finanziell. Du hast zwei Kinder und einen Mann und brauchst von uns Geld! Und jetzt wirfst du mir vor, dass ich dich angeblich nicht liebe?« Christa schaute sie eindringlich an. »Was war denn so schlimm, dass du mir jetzt vorwirfst, dass ich keine gute Mutter bin?«, sagte sie ruhig, aber immer noch in einem Ton, der keine Versöhnung zuließ.

Billie war müde. So müde. Alles tat weh. Außen wie innen. Alles tat so weh. »So habe ich das nicht gemeint«, lenkte sie ein. Dieser offene Konflikt war schlimmer als alles zuvor. Wie sollten sie je wieder normal miteinander umgehen können? Sie wünschte, sie hätte niemals etwas gesagt. »Du warst immer die beste Mutter, die du sein konntest«, sagte sie schließlich.

»Was war so schlimm, das frage ich dich!« Christa schien weiterhin unversöhnlich.

Billie widerstand der Versuchung, ihre Hand zum Mund zu führen, um an einem ihrer Nägel zu kauen. Sie widerstand auch der Versuchung weiterzuschreien. Sie hätte gerne noch mal geschrien. So richtig laut und animalisch. Aber sie wollte nicht mehr schreien. Auch weil sie spürte, dass sie dann wieder die Schwache, die Theatralische gewesen wäre. Sie wollte einmal kühl und beherrscht ihren Punkt rüberbringen, in der Hoffnung, dass das dafür sorgen würde, dass endlich einmal jedes einzelne Wort bei ihrer Mutter ankam. »Du hast mich nie gefragt, wie es mir geht«, sagte sie leise. »Ich hatte oft das Gefühl, es interessiert dich eigentlich nicht, wer ich bin. Was ich denke. Mit wem und was ich meine Zeit verbringe. Und wenn ich meine Gefühle trotzdem geteilt habe, fühlte ich mich meist, als würde ich dich mit meinen Geschichten nerven, als würdest du mich nicht ernst nehmen. Als fändest du mich einfach blöd. Wie oft hast du mir gesagt, ich solle Leuten nicht auf die Nerven gehen? Wenn ich neue Freunde hatte oder wenn es Erwachsene gab, die sich für mich interessierten. Du hast mir immer das Gefühl gegeben, dass ich Menschen zu viel bin und mich niemand wirklich mögen könnte. Das kann doch nur daran gelegen haben, dass du mich selbst nervig und blöd fandest.«

Ihre Mutter schaute sie an. Auch Christa widerstand in diesem Moment. Widerstand dem Bedürfnis, sich zu verteidigen. Die Schuld abzuwehren, sie am besten auf Sibylle zu schieben, so wie sie es in diesem Moment eigentlich am liebsten getan hätte. Mein Gott, wollte sie sagen, du hast es doch gar nicht nötig, dass man sich für dich interessiert. Stundenlang hast du mich in der Küche vollgequatscht. Ich wusste alles von dir. Und ja, mein Gott, du bist halt extrem extrovertiert. Das nervt nun mal viele Leute, ich wollte dich nur schützen. Sie hielt sich zurück, und doch schaffte

Christa es nicht, ganz zu schweigen. Irgendwann sagte sie: »Mensch, du hast doch immer alles von allein erzählt«, holte dann aber tief Luft und schob hinterher: »Weißt du, man hält sich für eine gute Mutter. Man denkt: Ich war doch immer da. Ich habe doch zugehört. Und dann muss man einsehen, es gibt viele Aspekte, die man gleichzeitig versäumt hat. Vielleicht dachte ich, ich hätte zugehört. Vielleicht dachte ich, ich würde dich vor Enttäuschungen schützen. Vielleicht dachte ich, ich hätte mich für dich interessiert. Aber es kann gut sein, dass mein Interesse einfach nicht aufrichtig, nicht tief greifend genug war. Jedenfalls nicht für dich. Du bist anders als ich, mein Kind. Du fühlst alles so stark. Du hast keine Geduld, du bist laut und willst immer im Mittelpunkt stehen. So bin ich nicht. Und manchmal fällt es mir schwer, damit umzugehen. Und selbst wenn ich die beste Mutter war, die ich sein konnte – für dich war es nicht genug. Damit muss ich leben.« Sie zupfte an einem Ast herum, den der Wind irgendwo abgerissen und zu ihnen geweht hatte.

»Ich habe nicht gesagt, dass es nicht genug war.« Natürlich ruderte Billie zurück. Sie konnte es nicht ertragen, dass Christa nun dachte, sie wäre nicht gut genug darin gewesen, ihre Mutter zu sein. Billie war doch selbst Mutter. Sie wusste, wie es sich anfühlte, an dieser Mammutaufgabe konstant zu scheitern. Und auch wenn sie selbst vieles anders machte, vieles machte sie gut, weil sie es so von ihrer Mutter gelernt hatte. Aber vieles wollte sie eben anders machen, weil es sie geprägt hatte, wie wenig sie sich von ihr angenommen gefühlt hatte. Wie konnte Billie die Wahrheit sagen, ihre Wahrheit mitteilen, ohne Christa zu verletzen? Wie konnte sie für sich selbst einstehen, ohne damit jemand anderem wehzutun? Es war ein unmögliches Unterfangen. Sich selbst und gleichzeitig jemand anderen zu lieben, war überhaupt ein Ding der Unmöglichkeit. Egal ob es André war, bei dem sie sich entscheiden musste, ob sie ihm zuliebe ihre eigenen Bedürfnisse, ihre Liebe zu sich selbst und ihre Freiheit und ihre Lebendigkeit zurückstellte. Oder ob es ihre Mutter war, der sie trotz all der Liebe auch mal sagen musste, wie verletzend sie manchmal sein konnte. Wie ungeliebt sich Billie manchmal in ihrer Gegenwart fühlte, wie einsam und wie ausgeschlossen. Christa ließ den Kopf auf ihre Knie sinken. Sie waren beide erschöpft. Nichts erschöpfte so sehr wie die Wahrheit.

Da hörte Billie plötzlich Paulis Stimme. »Mama, Mama.«

Ihr Körper tat immer noch weh, in allen Ecken und an allen Enden. Wo war sie?

Sie öffnete die Augen und sah, dass sie im Bett lag. Sie bewegte langsam ihren Fuß, der war intakt. »Mama, Omi wartet auf dich. Ihr wolltet doch heute euren Ausflug machen!«, rief Pauli und schmiss sich auf sie, um sie zu umarmen. Billies Atem ging immer noch schnell, ihr Herz klopfte wild. Sie spürte Paulis kleinen Körper, roch seine Haare. Hinter ihm lag das Zimmer, in dem sie groß geworden war. Unter ihr das Schlafsofa für Gäste.

Da begriff Billie, dass das alles nur ein Traum gewesen war.

Und darüber war sie froh und traurig zugleich.

CHRISTA

Billie. So ein Quatsch. Das war doch kein Name. »Wir gehen runter, Billie«, hatte André gerade durch den Flur gerufen, und da war es Christa wieder aufgestoßen, dass ihre Tochter einfach ihren Namen geändert hatte. Billie. So. Ein. Quatsch. Christa dachte das nach wie vor. Sibylle war ein wunderschöner Name, und es ärgerte sie, dass er ihrer Tochter anscheinend nicht gefiel. Sie beobachtete Sibylle, die gerade dabei war, den Koffer zu packen, während André mit den beiden Jungs runtergegangen war, um im Hof zu spielen. Sibylle ging von Zimmer zu Zimmer, sammelte Kleidungsstücke und Spielzeug ein.

Friedrich war an dem Tag, an dem sie und Sibylle ihren Ausflug gemacht hatten, mit den Kindern in einen Spielzeugladen gegangen und hatte groß eingekauft. Völlig übertrieben, so wie es seine Art war. Die Spielzeugläden waren plötzlich voll mit buntem Zeug aus Plastik, Holz und

Metall. Da wurde Friedrich selbst wieder zum Kind. Pauli hatte sich eine Barbie ausgesucht, was sowohl Friedrich als auch André irgendwie unpassend fanden, aber dem Kind mit dem stärksten Willen der Welt auch nicht ausreden konnten. Sibylle packte jetzt den ganzen Krempel in einen Stoffbeutel. Sie ging in ihr Zimmer, und Christa folgte ihr langsam. Im Koffer lagen die Kleidungsstücke fein säuberlich übereinandergeschichtet. »Du machst das super«, sagte Christa plötzlich.

Sibylle schaute sie mit einem merkwürdigen Gesichtsausdruck an. Christa dachte, sie wirkte beinahe verunsichert, wenn das ein Ausdruck gewesen wäre, der zu ihrer Tochter gepasst hätte – aber unsicher konnte sie sich Sibylle nicht vorstellen. Im Gegenteil. Meistens platzte ihre Tochter geradezu vor ungesundem Selbstbewusstsein.

»Was genau meinst du?«, fragte Sibylle, und jetzt war sich Christa doch sicher. Da lag Unsicherheit in ihrem Blick. Fast so, als könnte sie nicht glauben, dass ihre Mutter ihr ein Kompliment machte.

»Das mit den Jungs. Wie du alles zusammenhältst. Wie du sie erziehst. Du machst das super.«

Sibylle grinste schief. »Danke, Mama.«

Christa stand noch für einen Moment in der Tür herum, dann fühlte sie sich überflüssig und ging in die Küche, um das Mittagessen vorzubereiten. Sie begann damit, Kartoffeln zu schälen. Sibylle hatte ihr bei ihrem letzten Besuch vor ein paar Wochen einen Kartoffelschäler mitgebracht, aber Christa bevorzugte nach wie vor ihr kleines scharfes Kartoffelmesser. Schale um Schale flog auf die Zeitung von gestern. Der Ausflug mit Sibylle war eigentlich schön gewesen, dachte sie. Sibylle hatte hier und da ein wenig herumgejammert wegen ihrer Unterleibsschmerzen, aber am Ende hatten sie schön gemeinsam zu Mittag gegessen und sogar einen Wein getrunken und einen Nachtisch geteilt.

Sie verbrachte gerne Zeit mit ihr. Sibylle war wirklich eine tolle, interessante Frau. Das war ihr gestern mal wieder aufgefallen. Christa war stolz auf ihre Tochter. Sie wusste, dass sie mit Sibylle, trotz allem, viel Glück gehabt hatte. Die meisten ihrer Bekannten sahen ihre Kinder nicht so oft wie sie. Sibylle war immer da, sie kam zu Geburtstagen und Feiertagen, sie besuchte sie mindestens alle drei, vier Wochen und rief alle paar Tage an. Christa wusste außerdem sehr viel über das Leben ihrer Tochter, und auch das war keine Selbstverständlichkeit. Die meisten ihrer Freunde bekamen kaum etwas mit von ihren Kindern. Oder sie wussten nur von den Dingen, die ohnehin offensichtlich waren. Sibylle hingegen teilte sich ihrer Mutter mit. Sie teilte ihre Sorgen und Gefühle, sie teilte ihre Gedanken. Sie suchte Nähe, immer schon hatte Sibylle Christas Nähe gesucht. Als Kind hatte sie förmlich an ihr geklebt. Wo auch immer sie stand oder saß, Sibylle hatte an ihr gehangen. Halb auf ihrem Schoß oder ganz in ihren Armen. Händchen haltend und Küsschen gebend. Sie war so ein anhängliches Kind gewesen. Und auch wenn diese Körperlichkeit natürlich mit jedem Jahr, das Sibylle älter wurde, zurückging – heute hakten sie sich höchstens beieinander ein und begrüßten sich mit Umarmungen –, die generelle Anhänglichkeit war geblieben. Sibylle brauchte viel Bestätigung. Viel Liebe und viel Aufmerksamkeit. Christa strengte das oft an, und manchmal ließ sie ihre Tochter mit Absicht auflaufen. Meistens fühlte sie sich danach schlecht deswegen. Aber nur ein wenig, schließlich hatte sie ihre Tochter immer nur zu einem eigenständigen und unabhängigen Menschen erziehen wollen. Deshalb hatte sie ihr auch immer mit Nachdruck eingebläut, dass sie bloß nie jemandem hinterherlaufen solle. Keinem Mann und keiner Freundin. Wenn man den Menschen hinterherlief, verlor man sie doch erst recht. Christa wollte, dass Sibylle Freunde und Partner hatte, denen sie nicht hinterherlaufen musste. Und wenn sie ehrlich war, oft hatte Christa Sibylle auch zur Zurückhaltung angehalten, weil sie schlicht und einfach sehr anstrengend sein konnte. Nicht jeder Mensch kam damit klar. Das musste Sibylle doch lernen. Manchmal war es eben besser, sich ein wenig zurückzunehmen, und Sibylle hatte eine Tendenz dazu, Menschen zu überfordern. Zu überrollen. Und davor wollte Christa sie schützen. Sie wollte ihre Tochter vor Enttäuschungen schützen. Das war doch normal. Alle Eltern wollten ihre Kinder, so gut es ging, beschützen, und alle scheiterten daran. Entweder weil man nun mal einen Menschen nicht vor allen Enttäuschungen der Welt bewahren konnte oder weil derartige Bemühungen gerne falsch verstanden wurden. Vielleicht hatte Sibylle wirklich ihren Beschützerinstinkt falsch interpretiert, dachte Christa. Sie überlegte, wie sie so plötzlich auf diesen Gedanken kam, und dann fiel ihr eine Bemerkung ein, die Sibylle gestern beim Mittagessen gemacht hatte. Es war nur ein Halbsatz gewesen, aber der hatte sich in Christas Kopf festgesetzt. Sibylle hatte ihren Cousin erwähnt, mit dem sie früher viel Zeit verbracht hatte, genauer gesagt mit ihrem Cousin und dessen Freundin. Gestern erzählte Sibylle dann auf einmal, dass sie sich vor Kurzem mit dieser Freundin gestritten hatte und nun auch mit ihrem Cousin kaum noch sprach. Sie erzählte, wie traurig sie darüber war. Christa hatte ihrer Tochter geantwortet, dass das ja wirklich schade sei, früher hätten die drei sich ja ganz prima verstanden. Als Sibylle so vierzehn, fünfzehn war, wollte sie jedes Wochenende zu den beiden. Und darauf sagte Sibylle: »Ja, wir haben uns damals super verstanden, aber weißt du noch, dass du immer gesagt hast, dass ich da nicht so oft hinfahren soll, weil ich denen sonst nur auf die Nerven ginge?«

Christa hatte diese Bemerkung bloß weggelacht, und dann hatten sie das Thema gewechselt. Aber ihr war Sibylles merkwürdiger Gesichtsausdruck aufgefallen, als sie das fragte. Sie hatte es fast wie einen Vorwurf vorgetragen. Dabei wollte Christa sie damals nur schützen. Sibylle war tolle Gesellschaft, aber in Maßen. Zumindest glaubte Christa, dass die meisten Leute das so sahen. Davon mal ganz abgesehen: Man fiel Leuten nicht übertrieben zur Last. Christa war in dem Glauben aufgewachsen, dass man andere Menschen nicht zu oft und nicht zu lange besuchen oder treffen sollte. Sibylle aber war immer schon anders gewesen, was das anging. Sie konnte sich so unglaublich in Leute verschießen, und da war es fast egal, ob es sich um Männer oder Freundinnen handelte. Sie konnte sich komplett in jemanden verschießen und dann tagelang, manchmal Wochen von nichts anderem reden als davon, wie toll, wie schlau, wie lustig, wie schön diese oder jene Person sei. Und dann wollte sie mit diesen Menschen auch noch ständig zusammen sein. Egal wie aufdringlich das vielleicht war – das schien Sibylle gar nicht aufzufallen. Da musste Christa sie doch schützen, oder? Bevor ihre Tochter von der Ablehnung der anderen getroffen wurde? Es war doch ihre Aufgabe als Mutter, Sibylle beizubringen, was sich gehörte. Und was normal war. Was von anderen Menschen als normal empfunden wurde.

Christa hatte nun alle Kartoffeln geschält und geschnitten. Sie ließ sie langsam in den Topf mit heißem Wasser gleiten.

AM ENDE IST BILLIE BILLIE UND CHRISTA IST CHRISTA

Immer wenn Billie nach Hause fuhr, bekam sie Bauchschmerzen. Und man könnte denken, der Abschied sei ihr eine Erleichterung. Aber das Gegenteil war der Fall. Kurz vor dem Abschied waren die Schmerzen immer am schlimmsten. Sie konnte nicht mit ihren Eltern und auch nicht ohne sie. Mutti und Vati standen mit ihnen auf dem Parkplatz, und sie umarmten einander. Billie sah bereits, dass Vati Tränen in den Augen hatte. Hatte er ja immer. Und sie dann sofort auch. Denn ihr kleiner Vati, den konnte sie nicht weinen sehen, ohne gleich mit einzustimmen. Aber dieses Mal, es war das erste Mal, weinte Mutti auch. Nicht sehr. Einem ungeübten Auge wäre es wohl gar nicht aufgefallen. Aber Billie sah, wie die hellbraunen Augen ihrer Mutter wässrig wurden. Und sie wollte ihr gerne etwas sagen, ihr irgendwie Trost spenden, ein paar letzte versöhnende Worte schenken.

Irgendwie Nähe herstellen zu dieser Frau, die sie geboren hatte und die sie immer lieben würde. Trotz allem. Wegen allem. Stattdessen blieb sie stumm, und ihr Herz lag schwer in ihrem Brustkorb. Ein Herz schwer wie Stein und Blei. Liebe ist ein Gefühl, kein Versprechen. Auch ihre Mutter würde das lernen müssen.

Der Himmel war grau, und die Kinder, ihre Kinder, diese zwei Jungen, gleichermaßen schön und stark und laut und wild, warteten auf sie. André schloss die Beifahrertür. André, ihr Mann, den sie gerne wieder voll und ganz geliebt hätte, weil er und die Kinder doch ihre frei gewählte Familie waren. Und sie lief auf das Auto zu. Und sie drehte sich nicht noch einmal um. Das war die Freiheit, die sie sich nahm. Bis zum nächsten Besuch.

Da hörte sie auf einmal die Stimme ihrer Mutter: »Fahr vorsichtig … Billie.«

Und dann drehte Billie sich doch noch einmal um und rannte zurück.

EIN PAAR GEDANKEN ÜBER *FREI*

Die Recherche zum ersten Kapitel beruht u. a. auf der Doku *OSTROCK – Die Geschichte des DDRock* von Stefan Hoge und Steffen Krause sowie auf meinen Gesprächen mit dem wundervollen Toni Krahl, den ich im Vorfeld zu diesem Roman befragt habe (danke, liebster Toni, an dieser Stelle). Es gab und gibt die Bands und ihre Sänger:innen alle, sogar den des Öfteren erwähnten Rex. Rex Joswig war der Sänger von *Herbst in Peking*. Wen es nicht im echten Leben gibt und gab, ist Billie. Insofern ist ihre Beziehung zu all diesen Menschen fiktiv. Ich wollte deshalb keine Namen ändern, weil gerade dieses erste Kapitel und die Figur Billie im Allgemeinen auch eine Hommage an den DDR-Rock ist, mit dem ich aufgewachsen bin und der mir bis heute ein Gefühl von Heimat vermittelt (selbst im fernen Tel Aviv). Viele der Lieder und Bands sind mit der Wende verloren gegangen oder bis heute Ossi-Nische – zu Unrecht! Hört mal rein, es lohnt sich.

An manchen Stellen werden in direkter Rede oder in Gedankengängen der Figuren abfällige Bezeichnungen für Menschen genutzt (z. B. »Asylanten«) oder auch Fatshaming betrieben. Mir ist wichtig zu betonen, dass dies einzig und allein geschieht, um die Lebenswelt der Protagonist:innen abzubilden. Es ist die Wirklichkeit, in der wir leben, Menschen sagen furchtbare und falsche Dinge. Die Literatur ist dazu da, diese Wirklichkeit zu spiegeln, zu erzählen, zu fiktionalisieren, nicht mehr und nicht weniger.

Frei zu schreiben war alles andere als leicht. Dass dieses Buch trotzdem fertig geworden ist, habe ich den wundervollen Menschen in meinem Leben zu verdanken, die mich lieben, unterstützen und mir Halt und Rat geben, wenn ich ihn brauche. Im Besonderen zählen dazu: meine Eltern, Britta, Shira (danke vor allem für das wundervolle Cover), Nahum, Anne und Amit.

Ich habe eine ganze Menge toller Freunde, Eden, Elah, Arielle, Dana, Sarah P., Sarah S., Jossi und, und, und. Ohne mein Netz würde ich fallen.

Heide und Nora, danke für die professionelle Unterstützung und dafür, wie sehr ihr an mich glaubt!

Maria, danke für dein tiefgründiges Lektorat. Dem ganzen Ecco-Team danke für die liebevolle Begleitung.

Christine Wolter
Die Alleinseglerin
Roman
Neuausgabe
208 Seiten
Gebunden mit Lesebändchen
€ 22,– [D] / € 22,70 [A]
978-3-7530-0073-2

Über die Herausforderung, den Traum von Freiheit zu leben

Emeli Bergman
Die andere Seite des Tages
Aus dem Dänischen von Ursel Allenstein
Roman
Deutsche Erstausgabe
224 Seiten
Gebunden mit Lesebändchen
€ 22,– [D] / € 22,70 [A]
978-3-7530-0068-8

»Ein exquisiter, melancholischer und kritischer Roman der Arbeiterklasse.« *Politiken*

Rebecca Pert
Raue Wasser
Aus dem Englischen von Heike Reissig
Roman
Deutsche Erstausgabe
320 Seiten
Gebunden mit Lesebändchen
€ 22,– [D] / € 22,70 [A]
978-3-7530-0070-1
Erscheint am 25. Oktober 2022

Ein traurigschöner Debütroman über Familie und Traumata, Erlösung und Neuanfänge vor der Kulisse der einsamen Shetlandinseln

Joyce Carol Oates
Das Unerwartete
Aus dem Englischen von Silvia Morawetz
Erzählungen
Deutsche Erstausgabe
320 Seiten
Gebunden mit Lesebändchen
€ 24,– [D] / € 24,70 [A]
978-3-7530-0067-1

Joyce Carol Oates schreibt über die Menschen, die wir hätten sein können, wenn wir einen anderen Weg gewählt hätten.

Katja Kettu
Die Unbezwingbare
Aus dem Finnischen von
Angela Plöger
Roman
Deutsche Erstausgabe
336 Seiten
Gebunden mit Lesebändchen
€ 22,– [D] / € 22,70 [A]
978-3-7530-0001-5

Zwischen Traum und Wirklichkeit, wild und zugleich poetisch erzählt

Joyce Carol Oates
Blond
Aus dem amerikanischen Englisch
von Uda Strätling, Sabine Hedinger
und Karen Lauer
Roman
Überarbeitete Neuausgabe
1024 Seiten
Gebunden mit Lesebändchen
€ 26,– [D] / € 26,80 [A]
978-3-7530-0004-6

Das eindrucksvolle Porträt der größten Hollywood-Legende des zwanzigsten Jahrhunderts: Marilyn Monroe

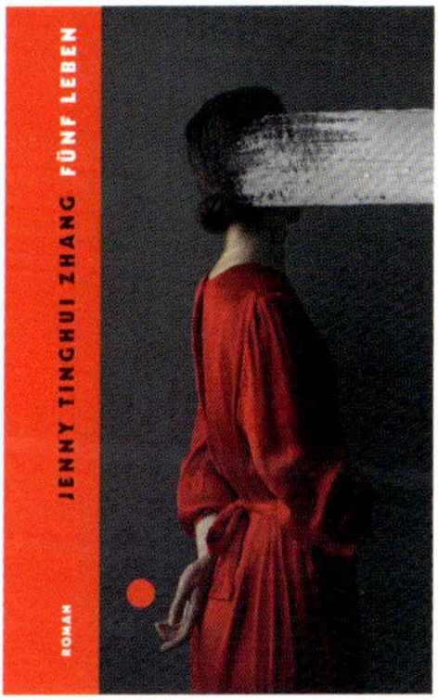

Jenny Tinghui Zhang
Fünf Leben
Aus dem amerikanischen Englisch
von Brigitte Jakobeit
Roman
Deutsche Erstausgabe
400 Seiten
Gebunden mit Lesebändchen
€ 22,– [D] / € 22,70 [A]
978-3-7530-0057-2

Mutig kämpft die junge Chinesin Daiyu in den 1880er Jahren im amerikanischen Westen um ihren Platz im Leben

Tatjana von der Beek
Die Welt vor den Fenstern
Roman
Originalausgabe
320 Seiten
Gebunden mit Lesebändchen
€ 20,– [D] / € 20,60 [A]
978-3-7530-0062-6

Wenn die ganze Welt deiner Familie in einem einzigen Haus stattfindet, wann gerätst du an deine Grenzen?

Alice Walker
Die Farbe Lila
Aus dem amerikanischen Englisch
von Cornelia Holfelder-von der Tann
Roman
Neuübersetzung
320 Seiten
Gebunden mit Lesebändchen
€ 20,– [D] / € 20,60 [A]
978-3-7530-0009-1

Einer der bedeutendsten amerikanischen Romane aller Zeiten in Neuübersetzung

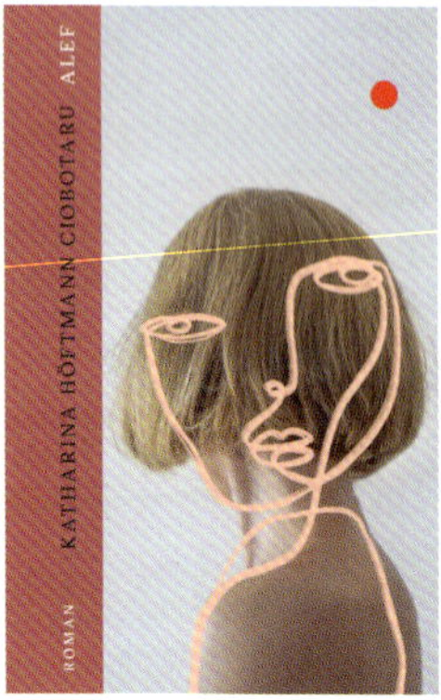

Katharina Höftmann Ciobotaru
Alef
Roman
Originalausgabe
416 Seiten
Gebunden mit Lesebändchen
€ 22,– [D] / € 22,70 [A]
978-3-7530-0000-8

Von Schicksalsschlägen und Veränderungen, von Schuld und davon, was Liebe überwinden kann – und was nicht

Eva Baronsky
Die Stimme meiner Mutter
Roman
Originalausgabe
400 Seiten
Gebunden mit Lesebändchen
€ 22,– [D] / € 22,70 [A]
978-3-7530-0005-3

Ein komplexes Porträt der gefeierten Opernsängerin, das dem Menschen hinter der Callas gerecht wird.

Laura Dürrschmidt
Es gibt keine Wale im Wilmersee
Roman
Originalausgabe
288 Seiten
Gebunden mit Lesebändchen
€ 20,– [D] / € 20,60 [A]
978-3-7530-0006-0

Ein märchenhafter Roman über Trauer und Verlust

Über den Ecco Verlag

Unter dem Motto »Was wir lesen wollen« verlegen wir im Ecco Verlag ausschließlich Bücher von Frauen, deutschsprachige Stimmen ebenso wie internationale Debüts und etablierte Autorinnen.
Wir verlegen die Bücher, die in unseren Bücherregalen noch fehlen und die wir selbst lesen wollen. Die Autorinnen des Ecco Verlags und ihre Geschichten sind ganz unterschiedlich, doch sie eint, dass sie über Themen schreiben, die uns alle umtreiben, sei es Familie, Heimat oder Herkunft, Liebe oder Verlust und Trauer. Unser Programm darf, ja, soll auch gerne irritieren. Neben der konzeptuellen Klammer – Literatur von Frauen – unterstreicht auch unser einheitliches, modernes und hochwertiges Gestaltungskonzept die klare Programmlinie.
Dabei steht der deutsche Ecco Verlag in einer langen Tradition: 1971 gründete Daniel Halpern gemeinsam mit Drue Heinz die amerikanische Ecco Press. 1991 ging Heinz in den Ruhestand, Halpern dagegen leitete den Verlag fast fünfzig Jahre lang bis September 2020. Halpern entdeckte und förderte bei Ecco Autorinnen und Autoren wie Joyce Carol Oates, Charles Bukowski, Richard Ford und Amy Tan, zudem verlegte er jahrzehntelang die Literaturnobelpreisträgerin Louise Glück. Seit 1999 firmiert der Verlag unter dem Dach von HarperCollins und gilt bis heute als einer der renommiertesten Literaturverlage überhaupt.

eccoverlag.de

Bianca Nawrath
Wenn ich dir jetzt recht gebe, liegen wir beide falsch
Roman
Originalausgabe
304 Seiten
Gebunden mit Lesebändchen
€ 22,– [D] / € 22,70 [A]
978-3-7530-0055-8

Ein warmherziger Roman über Familie, Identität und Herkunft

Elin Wägner
Die Sekretärinnen
Aus dem Schwedischen
von Wibke Kuhn
Roman
Deutsche Erstausgabe
160 Seiten
Gebunden mit Lesebändchen
€ 20,– [D] / € 20,60 [A]
978-3-7530-0060-2

Wiederentdeckung eines schwedischen Klassikers: das 1908 erschienene Debüt der Feministin Elin Wägner

Kristen Arnett
Ziemlich tote Dinge
Aus dem amerikanischen Englisch
von Brigitte Jakobeit
Roman
Deutsche Erstausgabe
432 Seiten
Gebunden mit Lesebändchen
€ 22,– [D] / € 22,70 [A]
978-3-7530-0007-7

Zutiefst morbide, skurril-komisch und voller Wärme

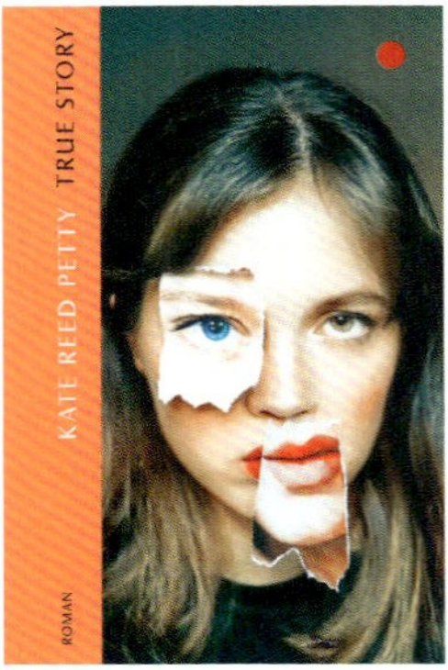

Kate Reed Petty
True Story
Aus dem amerikanischen Englisch
von Wibke Kuhn
Roman
Deutsche Erstausgabe
368 Seiten
Gebunden mit Lesebändchen
€ 22,– [D] / € 22,70 [A]
978-3-7530-0008-4

Über die Macht von Geschichten – und wer sie erzählen darf

Tanya Pyankova
Das Zeitalter der Roten Ameisen
Aus dem Ukrainischen von
Beatrix Kersten
Roman
Deutsche Erstausgabe
ca. 352 Seiten
Gebunden mit Lesebändchen
€ 22,– [D] / € 22,70 [A]
978-3-7530-0077-0
Erscheint am 25. Oktober 2022

Jeder weiß davon, keiner spricht darüber –
der große Ukraine-Roman

Leila Mottley
Nachtschwärmerin
Aus dem amerikanischen Englisch
von Yasemin Dinçer
Roman
Deutsche Erstausgabe
416 Seiten
Gebunden mit Lesebändchen
€ 22,– [D] / € 22,70 [A]
978-3-7530-0058-9

Über die schlimmsten Seiten einer Gesellschaft
und den Kampf einer jungen Frau für alle,
die sie liebt, gnadenlos und mit unglaublicher
Wucht erzählt.

Bianca Nawrath
Iss das jetzt, wenn du mich liebst
Roman
Originalausgabe
288 Seiten
Gebunden mit Lesebändchen
€ 20,– [D] / € 20,60 [A]
978-3-7530-0002-2

Ein Roman wie polnische Kluski: reichhaltig, rund, von innen heraus wärmend

Meg Mason
Was wir wollen
Aus dem Englischen von
Yasemin Dinçer
Roman
Deutsche Erstausgabe
432 Seiten
Gebunden mit Lesebändchen
€ 22,– [D] / € 22,70 [A]
978-3-7530-0003-9

Eine Gratwanderung zwischen dunkelstem Humor, schmerzlicher Offenheit und großer Wärme